KB262155

덤비지 마!

FUSION FANTASTIC STORY

무람 장편 소설

덤비지 마! 1

무람 장편 소설

초판 1쇄 찍은 날 § 2013년 12월 17일
초판 1쇄 펴낸 날 § 2013년 12월 23일

지은이 § 무람
펴낸이 § 서경석

편집부장 § 권태완
편집책임 § 어정원

펴낸곳 § 도서출판 청어람
등록번호 § 제1081-1-89호
등록일자 § 1999. 5. 31
어람번호 § 제1-1736호

주소 § 경기도 부천시 원미구 심곡2동 163-2 서경B/D 3F (우) 420-822
전화 § 032-656-4452 팩스 § 032-656-4453
http://www.chungeoram.com
E-mail § chungeorambook@daum.net

ⓒ 무람, 2013

ISBN 978-89-251-3628-8 04810
ISBN 978-89-251-3627-1 (세트)

덤비지 마라
무람 장편 소설
1
FUSION FANTASTIC STORY
청어람

CONTENTS

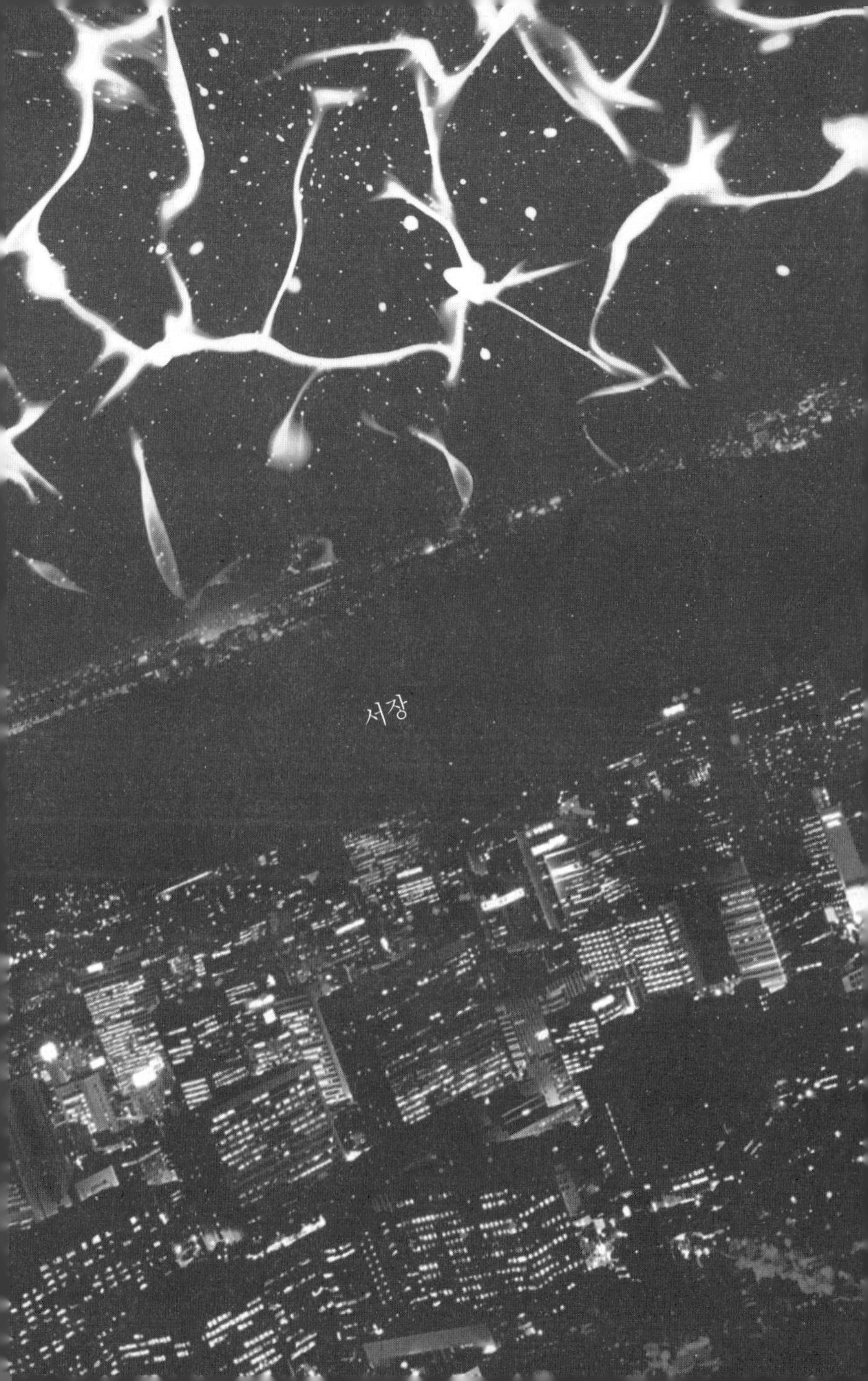
서장

UNION BANK

유난히 손님이 없는 날이었다.
사내는 공택시를 몰면서 하품을 내쉬었다.
텅 빈 공간만큼 멍해지는 시간, 시계를 보니 교대시간까지
는 아직 한 시간 정도 여유가 있다.

정상수.

회사 택시에 꽂아둔 자격증을 잠시 바라보는 사내, 정상수
는 바뀐 신호를 따라 유유히 택시를 몰았다.

하루 종일 차를 몰았지만, 유난히 손님이 없었다.

오전 근무를 뛰는 주에는 자주 있는 일이긴 하지만, 이 정도로 드물 때도 많지 않다.

새벽 네 시부터 차를 몰았지만, 지금까지 번 돈은 4만 원 남짓.

회사에 입금해야 하는 사납금을 생각하면 오늘 하루는 적자라는 말로밖에 설명할 수 없다.

정상수.

올해 스물아홉이 된 그는 택시를 몬다.

덩치도 제법 좋은 편이고 얼굴도 반반하니 잘생긴 편에 속하지만, 그런 그가 택시를 몰고 있는 것은 배움이 짧은 탓이다.

나이를 생각한다면 대학교를 갓 졸업해서 취업 전선을 뛰고 있거나 직장에서 한참 신입 직원으로 활동하거나 대학원을 갔을 수도 있을 법하다.

하지만 그러기엔 집에 여유가 있지도 못했고, 집안 사정 탓에 일찍 생활에 뛰어들어야 했던 것도 한몫했다.

자신의 체력을 믿고 노가다 판에서도 일해 봤지만, 뜻하지 않게 사람들과 트러블이 생기는 바람에 흘러 흘러 택시 운전을 하게 된 것이다.

"택시!"

상수는 앞에서 손을 들고 차를 세우는 손님이 눈에 들어왔
다.

끼이익!

삼십대 중반의 남자는 그리 인상이 나쁘지 않아 보였기에
상수는 바로 손님을 태웠다.

“어디로 모셔드릴까요?”

“네, 신림 사거리에 내려주세요.”

“예, 알겠습니다.”

신림 사거리라면 교대하러 가는 방향이기도 하고 집과도
그렇게 멀지 않다.

게다가 차가 밀리지도 않기에 상수가 신림까지 가는 데 걸
리는 시간은 오래지 않았다.

“손님, 어디에 내려드릴까요?”

“저기 앞에 세워주세요.”

상수는 손님이 내려달라고 하는 곳에 차를 세웠다.

그러자 남자는 서둘러 택시에서 내렸고, 상수는 다시 차를
몰았다.

그러던 중 문득 룸 밀러 너머로 뒷좌석을 보게 되었는데 이
상한 느낌이 들었다.

흡사 뭔가가 자신을 바라보는 듯한, 그런 느낌.

‘뭐지?

기이한 느낌에 상수가 고개를 뒤로 돌렸을 때 반짝이는 붉은 무언가가 상수의 눈에 들어왔다.

상수는 손을 뻗어 그 물체를 잡아 올렸다.

그것은 기이한, 알 수 없는 동물이 새겨진 붉은 동전이었다.

반짝—

묘한 광채에 이끌려 상수는 한참 동안 말없이 동전을 바라보았다.

손님이 두고 내린 것인가 싶어 고개를 돌려 주변을 살폈을 땐 이미 손님은 완전히 사라지고 난 뒤.

다시금 동전을 바라보던 상수는 묘하게 기분이 좋아지는 것을 느끼며 주머니에 동전을 넣었다.

“묘하게 운수 좋은 날이 될 거 같단 말이야.”

상수가 다시금 택시를 몰았다.

제1장 운수 좋은 날

UNION BANK

드드드드.

신림에서 손님을 내려준 뒤 차를 몰던 상수에게 전화 한 통
이 왔다.

절친 중 하나인 성원이다.

"여보세요?"

"상수야, 바쁘냐?"

"야, 말도 마. 지금 빈 차로 다녀. 무슨 일이야?"

"오늘 시간 되면 애들하고 한잔하려고 하는데, 올래?"

가득이나 손님도 없어 공차로 다니는 시간이 많았던 하루

다 보니 상수는 한잔이라는 소리에 바로 혹하고 말았다.

"오랜만에… 좋지. 어디로 가면 되는데?"

"우리가 자주 가는 집 알지? 거기로 와. 저녁 일곱 시에 보자. 오랜만에 서로 면상 좀 봐야지."

상수의 근무 교대 시간이 네 시라는 점을 두고 볼 때 일곱 시면 집에 도착해서 밥을 먹고 잠자리에 들기 전 이것저것을 정리할 시간이다.

하지만 오랜만에 친구들을 볼 생각을 하니 꽤 동할 수밖에 없는 상수였다.

상수는 현재 집에서 혼자 살고 있다.

부모는 서울 생활에 지쳐 낙향하여 시골로 내려가 농사를 짓고 계셨고, 그런 시골 생활이 탐탁지 않은 상수는 혼자 남아 생활하고 있던 터다.

게다가 택시 운전을 하고부터는 친구들과 시간을 맞추는 일이 너무 힘들어 자주 만나지 못해왔다.

어차피 집에 들어가면 혼자.

그 적막함보다는 내일이 조금 피곤하더라도 친구를 만나고 싶은 건 어쩔 수 없는 젊은 나이의 상수다.

그렇다 보니 미련 하나 갖지 않고 차를 몰아 교대할 장소로 향했다.

부우우웅—

그렇게 상수의 하루는 마무리를 향해 가고 있었다.

*　　　*　　　*

오랜만에 만나는 친구들과의 약속에 집에 들어온 교대를 마치고 집에 들어온 상수는 목욕을 하고 옷을 갈아입었다.

그리고 금세 나갈 준비를 마치고 거리로 나섰다.

상수의 친구들도 그리 잘사는 친구들이 없었기에 항상 만나는 장소가 정해져 있었는데, 바로 그들의 단골집이자 아지트였다.

이곳은 그들이 고등학교 시절부터 이미 종종 다니던 김치찌개가 맛있는 집으로, 그 맛에 반해서 나이를 먹은 지금까지 이곳을 중심으로 모이는 그들이었다.

어릴 적에는 김치찌개와 라면을, 그리고 나이를 먹고 술을 알기 시작한 지금 그들에게 그곳은 다른 곳에서 먹는 고기보다 이곳에서 먹는 김치찌개와 소주를 좋아했다.

애초에 고기도 워낙 듬뿍 들어간 곳이라 뜨거운 불 위에서 지글지글 붉게 끓고 있는 찌개와 그 안에서 갈색으로 익어가는 푸짐한 고기만으로 입에 침이 고이는 그런 맛깔스러운 곳이다.

　거리로 나선 상수가 가게의 문을 열고 안에 들어섰을 땐 이미 친구들 중 두 명이 먼저 와 자리를 잡고 있었다. 상수를 발견한 상원이 두 팔을 흔들어 위치를 알렸다.

　"어? 상수야, 이쪽!"

　"어, 그래. 지성이는? 아직 안 왔어?"

　"온다고 했으니 조금 있으면 올 거야."

　상수와 친구는 상수를 합쳐 네 명이었는데 한때는 사인방이라는 말이 돌 정도로 친하게 지냈다.

　"그러면 그냥 있기 그러니 우선 한잔하자."

　"그래, 마시다 보면 오겠지."

　"이모, 여기 찌개하고 소주 좀 주세요! 특대로 주세요!"

　성원이의 큰 목소리에 안에서 대답이 들렸다.

　"알았다, 요놈들! 푸짐하게 줄게."

　상수와 친구들은 이 집이 오랫동안 다닌 단골이라 편하게 주인아주머니를 이모라고 불렀다.

　나이도 어머니와 비슷했으니 말이다.

　식당에서 소주를 마시며 이런저런 이야기를 나누고 있으니 마지막으로 지성이가 들어왔다.

　"야, 이 비겁한 놈들아, 내가 아직 안 왔는데 먼저 마시고 있어?"

　"하하하, 지성이 왔냐. 어서 앉아라."

친구들은 지성이가 저러는 것을 자주 봐서인지 웃음으로 맞이했다.

네 명의 친구는 오래된 친구인 만큼 서로 간에 욕을 해도 이해를 하였고 서로가 편하게 대하였다.

"상수야, 너 진짜 오랜만이다?"

"그러게, 오늘은 손님도 없고 기분도 꿀꿀해서 일찍 접고 좀 쉬다가 나왔지 뭐. 알잖아. 택시 주간에 몰면 사람 더럽게 없는 거."

"너 진짜 몸 상할까 걱정이다. 야, 젊은 애가 택시가 뭐냐. 택시 말고 다른 일 하는 것은 어때?"

지성이가 무언가 다른 일이 있는지 상수를 보며 물었다.

"다른 일? 어떤 일인데?"

"너 연구소 경비팀에서 일 안 해볼래?"

"경비?"

"그 왜 내가 아는 분이 경비팀 조장이신데, 그분네 회사에 서 이번에 새로 여는 공장 연구소에 경비원을 모집한다더라 고. 사고가 좀 있었는지 인원 충원이 필요하다는 거야. 기업 도 제법 규모가 있고, 월급도 많고 밀리지도 않는다고 하니 내가 보증할게. 어때, 너도 솔직히 좀 더 숨 좀 돌려야 하지 않겠어?"

지성이 소개할 정도면 말 그대로 회사가 그만큼 탄탄하다는 이야기를 믿어도 된다.

어릴 적부터 지성은 돈이나 경제와 관련한 부분에서 소문도, 사람도 밝았다.

집안이 어느 정도 탄탄한 것도 있고, 부모님을 닮아 발이 넓은 것도 한몫해서, 현재 일하는 직장에서도 고위 간부들의 눈에 들 정도인 녀석이라 상수로서도 믿음이 갔다.

무엇보다 지성의 성격상 친구들에게 실없는 소리는 하지 않는다.

"음… 회사 경비는 나이 먹은 분들이 하는 일 아냐?"

"야, 그건 예전 이야기고. 요즘은 우리 나이와 비슷한 사람들도 많이 한다고 하더라. 경비라는 직책이기는 하지만 경비만 전문적으로 하는 회사도 있고 하잖아."

"상수야, 월급 잘 나오고 많이 준다면 그렇게 하는 것도 나쁘지 않을 것 같은데? 게다가 그 왜 너 예전에 잘나갔잖아. 격투기로 단련된 형들도 가볍게 제압하던 너니까 난 외려 적성에 맞을 거 같은데? 게다가 사실상 혼자서 일하는 시간이 많으니까 트러블도 딱히 없을 거 같고."

성원도 지성의 말에 공감을 하는지 상수를 보며 거들고 나섰다.

무엇보다 이들은 진심으로 상수를 걱정하고 있었다.

사인방. 이들 중 유일하게 번듯한 직장에 다니지 않고 있는 것은 상수가 유일했다.

그렇다 보니 친구들이 걱정하고 신경 쓰는 것을 상수 또한 알고 있었다.

상수는 친구들의 표정을 보고는 심각하게 고민이 되었다.

'그냥 직장을 다니는 것이 좋을까? 그런데 어디에 매어 있는 것은 조금 귀찮은데 말이야.'

상수는 직장 생활이 체질에 잘 맞지 않았다.

다른 무엇보다 정의감이 넘치고, 너무나 정직한 성격이 그 원인이라면 원인이었다.

물론 직장이 그렇게 쉽게 구할 수 있는 것은 아니지만, 상수 입장에선 몸 쓰는 데는 그만한 실력도 있었기에, 경비 자리는 어쩌면 적성에 맞을지도 모르는 일이었다.

상수와 친구들은 학창 시절부터 함께 다녔는데 그 당시에는 어디 가도 지지 않을 정도의 실력을 가지고 있었다.

그중에 상수의 실력이 가장 좋았다.

물론, 남들이 본다면 그냥 싸움을 잘하는 놈으로 볼 수 있을 상수다.

하지만 어린 시절을 돌이켜 본다면 그 수준이 결코 단순하진 않다.

상수네 동네에는 매실 할아버지라 부르는 할아버지가 있었다.

매화와 매실 냄새를 달고 살던 독거노인이었는데, 상수는 그 할아버지를 곧잘 챙겼던 것이다.

그런데 남들은 모르는 노인의 비밀이 하나 있었는데, 정체 모를 무예를 익히고 있다는 사실이었다.

그런 할아버지의 비밀을 알고 있는 몇 안 되는 사람이 상수였고, 상수는 바로 이 할아버지에게 그 무예를 배웠던 것이다.

"내가 너 같은 녀석과 어쩌다 보니 연이 닿아 가르치지만, 남들에게 함부로 이 힘을 쓰지는 말아야 할 것이야."

할아버지는 언제나 이 말을 입에 달고 살며 상수에게 이야기했었다.

하지만 정의감 넘치는 성격에 불의를 보면 매번 힘을 쓰곤 해서 보통 속을 썩인 게 아니었다.

어쨌거나 상수는 그런 아이였다.

물론 무예의 일부를 친구들에게도 알려주어 이들도 익히게 하였기에 동년배의 아이들에게 지지 않는 그들이 되었고 친구들의 지지를 얻기도 했다.

이른바 사인방의 탄생이었다.

한참 동안 저도 모르게 생각에 잠겨 있던 상수가 고개를 들자 모두 기대하는 눈빛으로 바라보고 있었다.

"야야, 그런 눈빛으로 보지 마라. 부담 장난 아니다. 뭘 사내자식들이 그렇게 보고 있어."

"그러면 빨리 하겠다고 하면 되겠네."

"그래, 알았다. 네 소개니까 우선 만나보기는 할게. 그럼 됐지?"

상수가 마침내 허락하자 친구들의 입가에 씨익 미소가 그려졌다.

"잘 생각했다. 모든 게 다 잘될 거야. 시간이랑 장소는 내가 내일 문자로 알려줄게. 택시 싹 정리하고 나만 믿고 나와라. 알았지?"

친구들은 그동안 상수 때문에 마음고생을 하였기에 상수가 면접을 보겠다고 하자 이들이 더 반겼다.

물론 이는 상수의 부모님이 이들에게 상수를 부탁했기 때문이기도 하다.

어린 시절부터 함께 자란 친구들이기에 서로의 부모에 대해서 아주 잘 알고 있었고, 다른 사람도 아닌 상수 부모 부탁인지라 백방으로 취직 자리를 알아본 것이다.

더군다나 택시 운전을 하고 있는 상수가 마음에 걸리던 그들 아닌가.

그렇다 보니 상수의 항복 선언에 친구들은 이제 더 이상은 마음고생을 하지 않아도 된다는 생각으로 얼굴이 아주 밝아져 있다.

상수를 빼고 나머지는 모두 제법 좋은 직장에 취직하여 정상적인 생활을 하고 있었고, 상수의 부모님에게도 미안한 마음을 가지고 있었기 때문이다.

그렇게 술자리를 함께한 상수는 친구들과 헤어져 집으로 돌아왔다.

술을 마시기는 했지만, 평소 마시는 수준이기에 집에 오자마자 옷을 벗고 바로 누웠다.

딱히 취하거나 하진 않았지만, 묘하게 머릿속이 복잡한 것은 어쩔 수 없었다.

"그거 참, 이놈들이 나 취직시킨다고 아주 발악을 하네."

잠시 상수는 말을 않다가 읊조렸다.

"…울 부모님 때문이겠지."

상수도 부모님이 친구들에게 부탁한 것을 알고 있었지만, 솔직히 여전히 취업에 대해선 부담을 느끼고 있었다.

그동안 버티고 있었는데 이제는 더 이상 그러기도 미안한 성수였다.

부모님의 연세도 있고 이제는 자신이 진심으로 부모님의 몫까지 벌어야 한다는 부담감이 갑자기 몰려들었다.

"하기는 나 때문에 고생 많이 하셨으니 이제부터라도 효도를 해야지. 그래, 직장이 별거냐? 하는 데까지 해보지 뭐."

상수는 그렇게 결심하자 마음이 조금은 편해지는 기분이다.

그러다 문득 붉은 동전 생각이 났다.

"가만, 아까 주웠던 붉은 동전이 어디 있지?"

상수는 그런 생각이 들자 주머니에서 붉은 동전을 꺼내 자세하게 살피기 시작했다.

아까와는 다르게 시간이 많았기에 천천히 동전을 살필 수가 있었다.

붉은 동전의 한 면은 이상한 모양의 동물이 새겨져 있고 다른 면은 아주 깨끗한 상태였다.

"이 동물은 도대체 뭘까? 어디 동전인지도 모르겠고… 지구상에 존재하지 않는 상상 속의 동물인가?"

상수는 아무리 생각해 보아도 기억이 나지 않는 동물을 보고는 이 동전을 만든 이가 아마도 상상하여 새긴 존재일 거라는 생각을 했다.

자신은 아무리 보아도 본 적이 없는 동물이고, 동전이기에 그렇게 생각을 할 수밖에 없었다.

"그러고 보니… 왠지 운수 좋은 날이 될 거 같단 생각이 들더라니……. 동전을 줍고 든 생각 그대로 된 셈이네. 내가 취업도 할 거 같고 말이야. 행운의 물건이라도 되려나.”

이렇게 생각한 상수가 피식 하고 웃었다.

“이왕 이렇게 된 거 목걸이로 만들어 걸고 다니는 것도 나쁘지 않을 거 같아. 꽤 예쁘기도 하고. 어디… 여기에 구멍을 내면 괜찮겠어.”

상수는 그렇게 하는 것이 가장 좋을 것 같았다.

동전의 크기도 마음에 들고 펜던트로 걸고 다니는 것이 유행이기도 해서이다.

상수는 집에 있는 드릴을 찾았다.

일반적인 공구는 모두 가지고 있는 상수이기에 바로 작업에 들어갔다.

드드드!

상수가 드릴로 구멍을 뚫으려고 하였지만 동전은 특수한 금속으로 만들었는지 일반 드릴로는 뚫릴 생각조차 하지 않았다.

“이거 뭐야? 그냥 동전은 아니라는 이야기인가?”

상수는 드릴을 이용하여 구멍을 내려고 하였는데 생각과는 다르게 뚫리지 않자 의아한 생각이 들었다.

“좋아, 이번에도 안 되면 그냥 포기한다.”

상수는 그렇게 생각하고는 드릴에 최대한 힘을 실어 다시 시도했다.

드드드, 퍼걱!

"아야!"

그러나 드릴은 잠시 돌다가 그대로 심이 부러지고 말았다.

그리고 그대로 드릴 심이 손을 베고 지나갔다.

뚝뚝.

손은 제법 베였는지 피가 주륵 흘러 바닥으로 떨어져 내렸고, 이 피는 이내 동전으로 스며들었다.

스팟!

동전은 피가 스며들자 갑자기 빛이 나기 시작했다. 상수는 갑작스러운 빛 때문에 눈이 부셔서 눈을 감고 말았다.

상수가 눈을 감고 있는 사이 동전은 곧바로 빛이 사라지면서 흐물흐물 녹아내리더니 바로 상수의 상처 난 손으로 스며들었다.

강렬한 빛에 잠시 눈을 감은 상수는 슬며시 눈을 떠보고는 빛이 없어졌다는 것을 깨닫고 주변을 살피기 시작했다.

"갑자기 무슨 빛이지?"

상수는 원인을 알 수 없어 이상한 생각이 들었지만 아직 동전이 자신의 몸속으로 이동하였다는 사실은 모르고 있다.

상수가 아무리 살펴도 별다른 이상은 없었고, 다만 동전이 보이질 않았다.

"어? 내 동전."

상수는 동전을 찾았지만 사라진 동전을 찾을 수는 없었다.

갑자기 빛이 나면서 동전이 사라졌기 때문에 상수는 동전과 빛이 무슨 관계가 있으리라는 막연한 생각만 하였다.

"대체 무슨 일이 어떻게 벌어진 거야……. 이상하네……."

상수는 동전이 녹아서 자신의 몸속으로 들어왔다는 사실을 알지 못한 채 주변을 둘러보며 이렇게 중얼거렸다.

게다가 손에 난 상처는 피가 멎어 있었다.

기이한 일의 연속.

하지만 이상하게 상수는 자신의 손의 상처가 나았다는 것보다 동전이 사라졌다는 사실에서 헤어 나오질 못했다.

"그것참, 알 수가 없네. 갑자기 나타났다가 사라져 버리다니 기분이 묘하네. 그나저나 왜 이리 갑자기 졸음이……. 에이, 내일 일 나가야 하는데 우선은 자자."

상수는 그렇게 생각하고는 바로 침대에 누워 잠을 청했다.

상수가 잠을 청하기 위해 누운 지 얼마나 지났을까.

잠든 상수의 몸에서 묘한 반응이 나타나기 시작했다.

붉은 빛이 상수의 몸에서 흘러나오기 시작하더니 몸 전체를 탐색하듯이 움직이기 시작했다.

한참을 그렇게 빛이 나기를 한 시간여.

시간이 흐른 이후 상수의 몸은 다시 전처럼 정상으로 돌아왔다.

그러나 그런 일이 벌어진 것을 상수는 전혀 알지 못했다.

＊　　　＊　　　＊

그렇게 일주일이란 시간이 흘렀다.

그 일주일 동안 상수는 매일 밤 꿈을 꾸었다.

동전에서 보았던 정체불명의 동물이 나타나 자신의 가슴 속으로 스며드는 꿈이었다.

그 꿈을 꾸는 동안 상수의 몸은 붉은 빛이 나고 사라지길 반복했지만, 이는 상수가 알지 못하는 일.

어쨌거나 일주일 내내 이 꿈을 꾸면서 상수는 잠에서 깨어났고, 그때마다 점점 몸이 좋아지고 있음을 체감했다.

스스로 이 사실을 기이하다 여겼지만, 상수는 이를 좋은 일이 있을 징조라 여겼다.

단지 어째서 자꾸 동전의 동물이 꿈에서 나타나는지 알 수 없어 기이하게 여길 따름이었다.

어제부로 상수는 완전하게 택시 회사를 그만두었다.

그리고 오늘, 드디어 지성이 소개해 준 회사로 면접을 보게 되었다.

지성이 소개해 준 이상 합격이나 다를 바 없다는 생각을 하는 상수였다.

옛날부터 지성이 소개해 준 것들은 항상 그랬다.

무엇이 되든 지성의 소개로 가면 모든 것은 일사천리로 잘되었고, 안 좋은 일이 있던 적이 거의 없었다. 이번에도 분명히 그럴 것이라 여기는 상수였다.

'친구 하나는 잘 둔 거 같아, 확실히.'

상수가 면접을 위해 단장을 하며 이렇게 생각했다.

오늘 면접은 경비팀의 팀장이 보고 결정된다고 어제저녁 지성에게 연락이 왔었고, 모든 게 사실상 내정되었다는 소리를 은근히 건넸기에 부담은 없었다.

상수가 약속 장소에 도착했을 때, 지성이 먼저 와 그를 기다리고 있었다.

"어, 상수야. 여기다, 여기!"

"저 자식은 일도 안 하고 빨리도 왔네."

상수는 지성에게 솔직히 고마움을 느끼고 있다.

자신의 일도 바쁠 텐데 친구의 일에 이렇게 나서주는 것이 고마웠다.

평생을 살면서 진정한 친구를 하나라도 사귀면 성공한 인생이라는 말이 있다.

그런 점에서 상수는 그런 친구가 세 명이나 되었기에 기분이 묘해지면서 미소가 그려지는 것은 어쩔 수 없었다.

"어서 와."

"언제 온 거야? 오래 기다린 건 아니지?"

"나도 금방 도착했어. 조장님은 지금 오고 계시다고 하니 조금 기다리면 오실 거야. 오시면 예의 있게 대답하고. 알았지?"

"자식이, 걱정 마라. 내가 한 예의 하잖아."

사실 상수의 말대로 예의에 가장 민감한 사람이 바로 상수였다.

어릴 적 매실 할아버지에게 무예를 배울 때 함께 지겹도록 듣던 것이 상대에 대한 예의에 대한 부분과 웃어른에 대한 공경이었다.

불의는 참지 말고, 어른을 공경하라.

늘상 이 말을 듣다 보니 자신뿐만 아니라 타인이 예의나 도리에 어긋난 일을 벌이는 것을 참지 못하는 성격으로 변하기도 했다.

물론 그 덕분에 싸움도 많이 하였지만 말이다.

오늘날 예의나 상대에 대한 배려 없이 보내는 이들이 얼마나 많은가.

대중교통에서 웃어른에 대한 배려심이나 공경 없는 젊은 이들도 많고, 삶은 각박해져만 간다.

한 번은 길에 쓰러져 있는 노숙자 할아버지를 괴롭히는 고등학생 여럿을 상수가 본 일이 있었다.

사람들이 많았고, 다들 고등학생들의 험악한 모습에 아무런 대꾸나 대응도 하지 않은 채 그 자리를 피하는 분위기였다.

그 자리에 선 상수는 고등학생들을 제지했고, 결국 싸움이 벌어졌다.

고등학생 여덟 명과 상수 한 사람의 싸움.

그 결과는?

압도적일 정도로 상수의 승리로 돌아갔고, 상수의 훈계로 모든 것은 정리가 되었다.

체격이나 다른 모든 것을 보더라도 뛰어나 보이던 고등학생들이었지만, 아무렇지도 않게 모조리 제압한 상수였던 것이다.

그만큼 상수는 체력적으로나 실력으로나 뛰어난 자질을 지니고 있었다.

어릴 적부터 이런 정의감 넘치는 상수를 봐왔기에 지성 또한 그를 강력히 추천했던 것.

"그나저나 택시는 완전히 정리했냐?"

"어, 어제부로 정리했어. 다른 곳에서 일하는데 당연히 정리를 하고 와야지. 다른 사람도 아니고 지성이 네가 소개해 주는 일인데 떨어질 거란 생각이 안 들더라. 게다가 말이야."

"게다가……?"

"왠지 그날 너희를 보고 난 뒤에 이상하게 운이 좋을 거란 예감이 들거든."

"그래, 잘될 거야. 어, 저기 오시네."

지성은 문을 열고 들어오는 중년의 남자를 발견하고는 웃으면서 일어섰다.

상수도 그런 지성을 따라 몸을 일으켰다.

"박 조장님, 어서 오세요."

중년의 남자를 보고 지성이 먼저 인사를 했다.

"그래, 일찍 와 있네?"

박 조장이라 불린 중년의 남자는 서글서글한 표정으로 두 사람을 반갑게 맞이했다.

웃는 인상 자체가 선한 것이 남에게 피해를 주는 타입은 아닐 듯했고, 대인 관계에서도 원만할 것 같은, 그런 사내였다.

박 조장이 다가서자 지성은 자신의 손으로 상수를 가리키며 입을 열었다.

"여기가 제가 말씀드렸던 그 친구 녀석입니다. 상수야, 인사 드려. 경비팀 조장을 맡고 계신 박 조장님.”

상수는 지성의 말에 바로 정중하게 인사를 했다.

“지성이 친구 정상수입니다.”

상수가 인사하자 박 조장이라는 중년의 남자는 그런 상수를 자세히 보면서 인사를 받았다.

“반갑네. 지성이 친구기도 하고 젊은 친구이니 말 편하게 하겠네. 이해하게.”

“괜찮습니다. 나이가 있으신데 상관없습니다.”

상수는 아주 쿨하게 대답해 주었다.

박 조장은 상수가 마음에 드는지 입가에 부드러운 미소를 지었다.

“우선 앉지.”

“예, 조장님.”

지성과 상수는 박 조장의 말에 자리에 앉았다.

모두가 앉자 박 조장이 먼저 이야기를 꺼냈다.

“지성이에게 어디까지 이야기를 들었는지 모르지만, 이번에 우리 회사에서 공장 연구소를 새로 지었다네. 그런데 인원이 제법 모자란 편이라서 보강이 좀 시급한 상황이라네. 지금 연구소에서 하고 있는 연구에 사활을 걸고 있다 보니 아무나 뽑을 수 없는 상황이거든. 보안이 생명이라서 말이야. 그래서 사람을 수소문하고 알아보는 와중에 지성이 녀석이 자넬 추천하더군. 그래, 무술을 익혔다면서? 실력이 꽤 된다고 들었네만."

"네, 어렸을 적부터 좀 배운 게 있습니다."

"음……. 지성이 녀석이 함부로 사람을 소개하는 녀석도 아니니 믿어보도록 하지. 일단 자네 체격이나 골격만 봐도 일단 그 말이 믿음이 가는군. 하하."

박 조장의 이야기를 들으니 아마도 믿을 수 있는 사람을 뽑기 위해 그런 것 같았다.

하지만 궁금한 것이 그렇게 해서는 많은 사람을 뽑을 수가 없다는 생각이 들었다.

"저기, 좀 뜬금없는 참견이지만, 이렇게 해서는 정말 실력 있는 사람을 뽑지 못하는 경우도 생기지 않을까요?"

국내의 인물 중에 실력이 알려져 있는 이보다는 알려지지 않은 사람이 더 많다는 것을 알기에 하는 소리였다.

우선 자신만 해도 친구들이 아니었으면 몰랐을 것이기 때문이다.

"하하하, 자네 말도 일리가 있지만, 솔직히 말해서 실력도 실력이지만, 믿을 수 있고, 보안을 유지할 수 있는 사람을 뽑는 게 지금으로선 가장 필요한 일이라네. 체계를 쌓은 뒤에 실력을 따져도 늦지 않을 상황이거든."

상수는 박 조장의 이야기를 들으니 틀린 말도 아니라는 생각에 고개를 끄덕였다.

"그렇군요. 충분히 이해했습니다."

박 조장은 상수가 이해하였다는 말에 바로 본론으로 들어갔다.

"그러면 언제부터 출근할 수가 있겠나?"

"저는 내일이라도 바로 출근할 수 있습니다. 이미 전에 다니던 곳도 정리하였습니다."

박 조장은 상수의 대답에 아주 마음에 들었는지 고개를 끄덕였다.

"그러면 내일은 회사에 와서 의복하고 간단한 물건을 지급받고 모레부터 출근하기로 하지. 내일 오면 출근하게 될 곳을 알려주겠네."

"이왕이면 멀지 않은 곳이었으면 좋겠습니다."

상수는 집에서 출근하는 길이 멀지 않았으면 싶었다.

지성도 상수의 말에 실수를 한 것은 아니기에 고개를 끄덕였다.

"최대한 편의를 고려해 보겠네. 그러면 내일 만나세. 내가 바쁜 일이 있어 먼저 일어나겠네."

박 조장은 다른 일이 있는지 급하게 자리를 떠났고, 남은 둘은 상수의 출근에 대해 이야기를 나누게 되었다.

"상수야, 축하해."

"고맙다, 자식."

"고맙긴. 이제 일도 잡았으니 하루빨리 자리 잡자. 너도 장가가야지."

"너는 안 가고?"

상수는 자신도 장가를 가지 않았으면서 저런 말을 하고 있으니 웃음이 나왔다.

"나는 지금 만나는 여자 있잖냐. 없는 너랑 같은 줄 아냐? 다음에 소개해 줄게. 전에는 확실하지 않아 소개하지 못했는데 이번에 확실하게 마음도 정했다."

지성의 이야기에 상수는 정말 놀란 얼굴을 하며 지성을 보았다.

"헉! 야, 정말이야?"

"내가 그런 일을 농담하겠어? 이번에 확신이 생겨서 소개하기로 마음 정했다. 내가 연락하면 나오기나 해라."

"이 자식이 그런 일이 있으면 새끼를 쳐야지, 혼자만 만나고 있었다는 말이야?"

상수는 여친이 생기면 서로 소개를 하고 여친의 친구 중에 괜찮은 사람을 다른 친구에게도 소개하기로 전에 이야기하였던 것이 있어 하는 소리였다.

지성은 상수의 말에 웃음을 지으며 음흉한 목소리를 냈다.

"흐흐흐, 앞으로 하는 것 보고 결정하도록 하지. 잘해라.

그래야 소개도 있는 거다.”

지성의 음흉한 말에 상수는 순간적으로 분노를 느꼈다.

‘아이고, 저 새끼도 여자가 생겼는데 나는 아직 여자 구경도 못했으니 앞으로 얼마나 놀림을 당하려나. 미치겠네, 정말.’

상수는 친구들이 여자에 대해서 아주 민감하다는 것을 알기에 드는 생각이다.

두 명의 친구는 이미 여친을 소개하였고 남아 있는 친구는 자신과 지성이었는데, 이제는 지성도 여자 친구가 있다.

이제 남은 것은 상수 혼자뿐.

인물이 남보다 못생겨 여친이 없는 것이라면 할 말이 없겠지만 상수는 제법 반반하다는 소리를 들을 정도였고, 키도 적당하고 몸도 건강하기 때문에 뭐라 변명할 거리가 없었다.

제2장 첫 직장에서 생긴 일

UNION BANK

새벽, 상수의 몸은 오늘도 붉은 빛에 감싸였다 풀려났다.

상수는 평소보다 뭔가 좋은 꿈을 꾼 듯한 느낌 속에 잠에서 깨었다.

시간을 보니 새벽 여섯 시.

출근 시간까지는 아직 시간이 남아 있었다.

꿈속에서 상수는 붉은 동전에 들어 있던 동물과 눈을 마주했던 것 같은데 확실하지 않았다.

하지만 분명한 것은 기분이 매우 좋고, 머릿속이 너무나 맑아져 있다는 사실이었다.

꿈을 꾸고 일어난 아침, 기분 좋은 하루의 출발이었다.

무엇보다 오늘은 새 회사로 첫 출근을 하는 날이다.

잠에서 깬 상수는 잠자리에서 가부좌를 튼 채 잠시 심호흡을 했다.

이는 어릴 적 할아버지에게 배웠던 수련 중 하나로 마음을 진정시키는 한 요령이었다.

그러는 와중 상수의 숨결을 따라 붉은 기운이 잠시 흘러나왔다 스며들었지만, 상수는 이를 눈치채지 못했다.

삼십여 분 뒤, 이내 상수는 털고 일어나 어제 저녁에 준비해 둔 가장 깨끗한 옷을 준비하곤 곧장 샤워를 했다.

그 후, 욕실에서 빠져나온 뒤 두근거리는 마음으로 옷을 입고 한 차례 자신의 몸단장을 훑어보았다.

기분 탓인지는 모르겠지만, 유난히 오늘따라 몸의 컨디션이 더욱 살아나는 느낌이었다.

'동전을 주웠던 그때부터 이상하게 하루하루가 살아나는 기분이란 말이지. 진짜 그 동전은 어디로 사라진 걸까.'

거울에 비친 자신을 보며 얼굴을 쓰다듬은 상수가 이렇게 생각하며 집을 나설 준비를 했다.

그렇게 상수의 새 출발은 시작하고 있었다.

집을 벗어나 박 조장이 설명했던 곳을 향해 이동하는 상수

의 시야로 제법 규모를 갖춘 번듯한 대형 빌딩 한 채가 시선
을 끌었다.

주식회사 누리.

공장이라는 말에 일반적인 생산 설비로 이루어진 단지를
상상했던 상수는 자신의 눈앞에 펼쳐진 모습에 작게 감탄을
했다.

"…여기가 내가 일하게 될 곳이란 말이지……."

순간 자신에게 일을 소개해 준 지성에 대한 고마움이 한편
에서 일어나며 가벼운 두근거림을 느낀 상수는 이내 가장 큰
건물 입구로 향했다.

그러자 경비를 서고 있는 한 사내가 상수의 출입을 가로막
았다.

"안녕하십니까. 실례지만 어떤 용무로 오셨나요?"

사내의 말에 상수가 고개를 꾸뻑 숙이며 말했다.

"저기, 오늘부로 경비팀으로 출근하게 된 정상수라고 합니
다. 어제 박창석 조장님께서 오늘 여기로 나와서 자기 이름을
대면 된다고 하셨습니다."

"아, 경비팀에 오늘 신입이 온다고 했는데 당신이군요. 저
기 이 옆 별관 이층으로 가시면 됩니다."

경비원이 알려준 곳으로 이동한 상수는 바로 이층으로 올라갔다.

본관이 아니라 조금 기분이 상했지만 이것도 나쁘지 않다는 생각에 좋게 생각하기로 했다.

이층으로 올라가니 경비팀 대기실이라 적힌 팻말이 눈에 들어왔다.

"여긴가."

상수가 안으로 들어서자 아가씨 한 명과 남자 세 명이 자리를 지킨 채 차분한 분위기를 보이고 있었다.

어제 만난 박창식 조장이라는 중년의 남자도 거기에 있었다.

문이 열리는 소리에 박 조장이 가장 먼저 고개를 돌렸고, 상수가 들어오는 것을 보고는 부드러운 미소를 지으며 인사했다.

"어서 오게."

"안녕하십니까. 정상수라고 합니다."

상수는 아직 이렇다 하게 명확한 직장을 나간 적이 처음이나 다를 바 없어 조금은 뻣뻣하게 인사를 했다.

그런 모습을 보며 다른 남자가 조장을 향해 가볍게 말을 건넸다.

"저 친구가 새로 온다던 친구입니까, 조장님?"

“맞네. 믿을 만한 녀석에게 소개를 받은 친구거든. 어쨌거나 자네는 장비 좀 가지고 와서 지급하도록 하고, 상수 군은 우선 여기에 앉지.”

“알겠습니다, 조장님.”

“예.”

어색해하며 상수가 차분한 목소리로 답하곤 이내 박 조장의 옆에 놓여 있는 의자를 끌어당기며 박 조장 곁에 앉았다.

그러자 박 조장은 사무실의 유일한 여사원에게 손짓을 하더니 차를 주문했다.

“여기 차 좀 부탁할게. 신입이 왔는데 차는 줘야지.”

“호호호, 알았어요. 그런데 우리는 커피밖에 없는 거 아시죠?”

아가씨의 말에 상수는 황급히 대답하였다.

“저는 아무거나 잘 마십니다.”

상수는 첫 출근이다 보니 저도 모르게 긴장하여 꼭 군대에서 전역한 지 얼마 되지 않은 사람마냥 뻣뻣하게 말을 건넸다.

그런 모습을 보며 박 조장은 슬그머니 웃음을 지으며 상수의 어깨를 툭 치곤,

“하하하, 너무 긴장하지 않아도 되니 그냥 편하게 이야기하게.”

라고 말했다.

그제야 상수는 자신이 잔뜩 긴장했다는 사실을 깨달았다.

사실 자신의 신체적 능력에 대해 알게 모르게 자신감을 가지고 있던 상수였다.

하지만 상수는 예나 지금이나 사람을 대하는 데 서툰 면이 있었고, 이번에 그러한 사실을 절감하고 있었다.

상수는 박 조장의 말에 부끄러운지 자신도 모르게 얼굴이 붉어지고 있다.

그때였다.

상수는 갑자기 머릿속을 스쳐 지나가는 시원한 느낌이 갑자기 달아오르던 뺨을 식혀주는 것을 느꼈다.

그리고 문득 떠오르는 붉은 동물의 이미지가 눈을 스쳐 가는 듯했다.

그러더니 이내 머릿속이 차분해지는 것을 느꼈다.

'어? 이건… 뭐지?'

상수는 자신의 몸에 일어난 일에 순간적이지만 이상한 생각이 들었다.

사실 요 며칠 동안 계속해서 이어진 꿈이나 자꾸 가볍고 쾌적해지는 몸에 뭔가 이상한 기분이 들던 상수였다.

그러한 변화를 그저 긍정적으로 넘기던 상수였지만, 막상 기이한 일이 또다시 벌어지자 자신에게 뭔가 변화가 생기고 있다는 걸 어렴풋이 깨닫기 시작한 것이다.

이 이상 현상에 상수는 의아함이 일어 머리를 갸웃거렸다.

그런 모습이 박 조장은 잔뜩 긴장하여 아무런 반응을 하지 않는 것으로 여겨 상수를 불렀다.

"정상수 군, 대답이 없는 것을 보니 아직도 긴장이 풀리지 않은 건가?"

박 조장은 그런 상수의 모습에 묘한 호감을 느꼈다.

처음 지성의 소개로 상수를 보았을 때부터 뭔가 묘하게 사람을 끌어당기는 느낌을 받았던 그다.

나름 사회생활을 하면서 사람을 보는 눈이 있다고 생각하는 그였는데, 이상하게 상수에게는 꼭 자신의 곁에 두어야 할 것이라는 묘한 기분을 받았던 그다.

왠지 모르게 붉은 정열이 타고 있는 듯한 착각을 받기까지 했던 박 조장이다.

외부로 공개되지 않는 사실이지만, 이 회사에서 이루어지고 있는 연구들은 회사에서 가장 중요한 일이자 철저한 기밀을 요구하는지라 실력과 믿음이 갖추어진 상대를 선별해야 하는 데 중요성이 있다고 한다.

지성이 아무리 믿을 만한 청년이어서 소개를 받았지만, 스스로 생각해도 이상할 만큼 단번에 상수를 뽑게 된 것은 그 알 수 없는 기분이 한몫하기도 했다.

하지만 이런 순진할 만큼 긴장하는 모습이 왠지 모르게 신
뢰감을 불러일으켰다.

박 조장조차 처음 겪는 이상한 끌림이었다.

어쨌거나 박 조장의 말에 정신을 차린 상수가 바로 대답했
다.

"아닙니다. 이제 긴장이 풀렸습니다."

"하하하, 그래, 여기는 긴장할 필요가 없는 곳이니 그저 편
하게 생각하면 되네."

"알겠습니다. 하지만 처음이라 그런지 저도 모르게 조금은
긴장이 됩니다."

"자네 말투가 아직도 긴장했다는 것을 알려주고 있군그래.
여기는 사회지, 군대는 아니라네. 하하. 너무 긴장할 거 없다
고."

박 조장의 말에 상수는 자신이 얼마나 딱딱해져 있는지 깨
닫곤 말투를 부드럽게 하며 말했다.

"아, 그렇군요. 알려주셔서 감사합니다."

아까와는 다르게 금방 말투가 달라지니 박 조장은 빙그레
미소를 지었다.

"그 정도로 감사할 필요는 없네. 자, 자네의 근무지에 대한
설명이 좀 필요하겠지? 어디에서 일해야 하는지 이제 설명해
주겠네."

상수는 자신이 새롭게 자리 잡을 곳을 알려준다고 하니 눈빛을 빛냈다.

새로운 일에 대한 설렘으로 상수는 박 조장의 말에 주의를 기울여 반응했다.

그간 겪어왔던 일자리들에 비하여 왠지 모르게 시작이 좋게 느껴지는 상수다.

박 조장도 지성에게 상수의 성격에 대해선 어느 정도 들었기에 그런 부분을 생각해서 상수가 근무할 곳을 정해두었다.

상수는 박 조장이 알려주는 곳에 대해서 듣고는 집에서 조금 멀기는 하지만 출근하지 못할 정도는 아니라는 생각이 들었다.

"그러면 내일부터 그쪽으로 출근하면 되는 겁니까?"

"그렇다네. 그리고 야간에도 할 수 있으면 신청을 하게. 야간 경비는 주간과는 다르게 급료가 상당히 높기도 하고, 아직 인력이 부족한 편이라서 꽤 괜찮게 일할 수 있을 걸세."

야간 경비는 주간보다 추가로 삼분의 이의 수당이 더 나왔다.

상수는 야간 경비라는 소리에 차라리 야간을 전문적으로 하는 것이 좋지 않을까 하는 생각이 들었다.

"그러면 야간만 전문으로 하시는 분들도 있습니까?"

"전문적으로 야간 경비만 두지는 않네. 업무 효율을 위해서도 고정을 두는 것보단 교대조의 순서를 정해 운영하는 편이 훨씬 나은 거니까. 월급에서 나오는 차이도 있다 보니까 불만 요소가 생길 수도 있으니 주의를 하는 거지. 그래서 전문으로 하는 사람은 없다고 보는 편이 맞을 걸세.”

박 조장의 이야기를 들으니 그럴 수도 있겠다는 생각이 들었다.

월급의 차이가 상당하니 차라리 야간만 전문으로 하려는 사람들이 있을 것이고, 그렇게 되면 주간에 근무하는 사람들의 불만이 생길 수도 있기 때문이다.

상수는 이야기를 들으며 이해가 되어 고개를 끄덕였다.

“그렇군요. 그러면 저도 야간 근무부터 신청해야겠네요. 어차피 돌아가면서 하는 일이라고 하니 말입니다.”

“그렇게 하게. 아무튼 앞으로 잘 지내보세.”

“예, 감사합니다, 조장님.”

상수는 그렇게 근무복과 필요한 물품을 지급 받고는 집으로 돌아왔다.

집에 도착하여 상수는 한 가지 자신이 아직 알지 못한 것이 있다는 것을 깨달았다.

“…그런데 누리라는 회사가 어떤 회사인지 설명도 못 들었잖아?”

아차 싶은 상수는 머리를 벅벅 긁었다.

막상 지성으로부터 소개를 받고 회사에서 일할 연구소나 자잘한 것들까지 전부 소개를 받아놓곤 정작 그 회사가 어떤 일을 하는 곳인지 전해 듣지 못한 것이다.

최소한 자신이 근무하는 회사에 대해 어느 정도는 알고 있어야 하는데, 자신은 친구가 소개해 주는 곳이라 믿고 무작정 취직하였다는 생각이 들었다.

"하여튼 나도 문제네. 아무리 지성이 놈이 소개해 주었다고 해도 알아볼 것은 알아보고 결정해야 했는데 말이야."

상수는 자신의 실수를 깨닫고는 앞으로는 그러지 말아야겠다고 생각했다.

여기까지 문득 생각을 하고 나니 상수는 박 조장과 대화를 하던 중 벌어졌던 기 현상에까지 생각이 미쳤다.

붉은 짐승.

동전이 사라진 그날부터 자신에게 뭔가 일이 벌어지거나 잠을 자고 일어날 때면 매번 자신 앞에 모습을 드러내는 그 존재에 대한 의문이 머릿속을 스쳤다.

만약 예전에 자신이 당황을 했다면 어땠을까 떠올려 보니 말을 버벅거리며 제대로 대응하지 못했을 거란 결론이 나왔다.

자신을 차분히 관조하고 있는 지금의 모습 또한 스스로 인지하진 못했으나 예전에는 상상조차 할 수 없는 변화임을 알지 못했다.

"…붉은 동전에 뭔가가 있었던 게 분명해. 내가 생각해도 조금은 어이가 없는 것들이지만, 대체 무슨 일이 벌어지고 있는 걸까."

이제 와서 돌이켜 보니 아까 떠올랐던 영상만이 문제가 아니었다.

그날 이후로 몸이 몰라보게 좋아지고 있다는 것도 자신에게 벌어지고 있는 기이한 변화 중 하나였다.

점차 넘쳐 나는 활력, 매일 밤 꾸는 꿈. 게다가 오늘 회사에서 있었던 긴장이 사라지면서 벌어진 차분함…….

"도대체 붉은 동전이 사라지고 난 후 나에게 무슨 일이 벌어지고 있는 걸까?"

아직은 좋은 일만 생기고 있으니 문제가 되지는 않지만 언제 좋지 않은 일이 생길지도 모른다는 생각에 상수는 솔직히 불안했다.

몸이 좋아지고, 정신을 차리게 해주는 것이야 나쁘지 않다.

하지만 그로 인한 후유증이나 자신이 전혀 알지 못하는 안 좋은 것들이 벌어질지 현재로선 알 수 없는 노릇이었다.

좋은 일이 있으면 그에 상반되는 좋지 않은 일도 벌어질 수 있을 것이다.

하지만 지금은 자신이 어떻게 할 수도 없는 일이기 때문에 몸의 변화를 지켜보고만 있다.

조금이라도 좋지 않은 증상이 보이면 바로 병원에 가볼 생각이 들었다.

물론 붉은 동전에 대해서는 말하지 않을 것이다.

현대의 삶에 기이한 현상은 해석될 수 있다 여기는 이들이 많다.

만약 직접적으로 드러나는 기이한 현상이 몸에서 발견된다면 이를 조사하려고 달려들지도 모른단 생각이 상수의 머릿속을 스쳤다.

상수는 절대 자신이 남의 실험 대상이 되고픈 생각이 없었기에 당분간은 조용히 몸에서 일어나는 일을 보고 관조하기로 결심했다.

"그냥 좋게 생각하자. 불안하다고 생각하면 진짜로 불안한 일이 생길 수도 있으니 말이야."

상수는 그렇게 좋은 쪽으로 결론을 내렸다.

어차피 자신은 배운 것이 없고, 있는 것이라곤 몸뚱이뿐인 삶이다.

오늘 날 어떤 일을 하든 성공하기란 하늘의 별을 따는 것만큼이나 힘들고, 삶에 긍정적인 일이 벌어졌다면 긍정적으로 받아들이면 되는 일이다.

굳이 자신 스스로 밝힐 수 없는 현상이나 일에 대하여 고민해 봤자 도움 될 것은 하나 없다.

그보다 매일을 고민하며 하루를 먹고살아야 하는 게 상수 앞에 놓인 현실일 뿐.

상수는 그런 고민보다는 내일부터 출근해야 하는 공장에 대해 생각하는 게 급선무였다.

새로운 사람들과 함께 일을 해야 하니 그들과 어떻게 지내야 할지 걱정되었다.

"어차피 취직했으니 최대한 열심히 해야겠다. 그래야 지성이 놈에게 미안하지 않지."

친구인 지성이 소개해 준 회사이니만큼 상수는 최대한 열심히 할 생각이다.

시작이 힘들지, 일단 시작하면 최대한 노력하는 타입이기에 욕먹지 않을 자신은 있었다.

"그래, 어떤 회사인지 따지는 것보단 일단 일에 적응하고 노력하는 게 먼저겠지. 그러다 보면 뭐든 잘되리라."

그렇게 결심하는 상수였다.

다음 날 아침 일찍 일어난 상수는 부지런히 출근을 준비했다.

택시 운전을 하면서 새벽에 일어나는 일이 어려운 일은 아니던 상수였지만, 남들과 비슷한 시간에 일어나고 출근한다는 사실이 설레는 일이었다.

하지만 즐거운 출근 시간은 지하철을 타면서 이내 변해 버렸다.

"크윽, 이래서 사람들이 지하철이라고 하지 않고 지옥철이라고 한 것이구나. 더럽게 사람 많네, 정말."

한 치도 움직이기 힘들 만큼 사람으로 가득한 열차와 플랫폼, 사람들과 부대끼며 겨우겨우 이동하는 열차에 상수는 샐러리맨의 비애를(?) 처음으로 느꼈다.

지하철을 타보고는 왜 사람들이 차를 사려고 하는지를 실감할 수밖에 없었다.

엄청난 사람들이 몰려 숨을 쉴 수 없을 정도였기 때문에 아침의 좋은 기분이 지하철 때문에 아주 불쾌하게 변하니 누가 지하철을 타고 싶겠는가.

돈이 없어 지하철을 타지만, 만약 조금이라도 경제적인 능력이 된다면 꼭 차를 사야겠다고 결심하는 상수였다.

＊　　　＊　　　＊

힘겨운 출근길을 거친 끝에 상수는 자신의 직장인 공장에 도착할 수 있었다.

주식회사 누리 OO단지.

몇 개의 동으로 이루어진 그곳에 도착한 상수는 가장 먼저 어디로 가야 할지 몰라 출입구에 위치한 경비실로 들어서며 경비원에게 말을 걸었다.

"수고하십니다. 오늘부로 여기 경비로 근무하게 된 정상수입니다."

"아, 오늘 신입이 온다고 했는데, 어서 오세요."

경비는 삼십대의 남자였고, 인상이 서글서글한 것이 첫인상이 좋아 보였다.

"예, 처음 오는 것이라 아직 모르는 것이 많습니다. 어디로 가야 할지를 몰라 여기로 왔습니다."

"하하하, 원래 처음에는 다 그래요. 그럼 근무하기로 했으니 저기 회색 건물로 가면 경비팀 대기실이라고 있을 겁니다. 거기 가시면 옷장이 있으니 근무복으로 갈아입고 이리로 오세요. 어디로 갈지 내가 알아봐 줄게요."

상수는 남자가 친절하게 자신이 근무할 곳을 알아봐 준다고 하니 바로 얼굴이 환해졌다.

"감사합니다. 바로 갈아입고 오겠습니다."

상수는 남자가 말한 건물로 갔다.

일층으로 들어서니 경비팀 대기실이라고 쓰여 있는 곳이

보였고, 문을 여니 여러 개의 옷장이 있었다.

키가 그대로 있어서 그중에 하나에 가방과 벗은 옷을 넣고 문을 닫았다.

근무복은 새 옷이라 그런지 아주 깨끗해 기분이 좋았다.

'이제 정말 일을 시작하는 거구나.'

상수는 그렇게 생각하며 경비실로 다시 돌아왔다.

정문의 경비실에 도착하니 아까 본 경비 외에도 또 다른 이가 한 명 더 있었다.

"오, 옷을 갈아입으니 보기 좋네요."

상수는 상대의 칭찬에 왠지 머쓱해 머리를 긁적였다.

"하하, 그렇습니까?"

"정상수 씨지요?"

경비의 옆에 있던 남자가 상수를 보며 물었다.

"그렇습니다. 제가 정상수입니다."

"오늘부터 근무하실 곳을 안내해 주기 위해 왔습니다. 저를 따라오세요. 그리고 여기 이 서류를 읽으시고 앞으로 그 방침대로 근무를 서시면 됩니다."

남자는 상수와 비슷한 나이로 보였지만 아무래도 경비팀 관리자 정도가 아닐까 싶었다.

"알겠습니다."

상수는 서류를 받고 남자의 안내에 따라 이동하게 되었다.

"열심히 하세요. 나중에 또 봅시다."

정문의 남자는 상수를 보고 잘하라고 말해주었다.

상수도 그런 남자에게 가볍게 고개를 숙여 보이며 인사했다.

"고맙습니다. 나중에 인사드리겠습니다."

상수는 그렇게 인사하고는 자신의 근무지로 가게 되었다.

상수가 안내를 받은 곳은 연구를 하는 곳인지 아니면 생산을 하는 곳인지는 모르겠지만 출입구가 하나밖에 없는 커다란 건물이었다.

"정상수 씨는 앞으로 여기서 근무하시면 됩니다. 외부인이 이곳에 출입하지 못하도록 통제하시면 됩니다."

상수는 남자의 말에 의문이 들었다.

"저기, 미안한데요, 아직 제가 여기 근무하시는 분들을 모르는데 어떻게 외부인인지 알 수 있습니까?"

상수의 질문은 당연한 일이다.

아는 얼굴도 없는데 외부인을 막으라는 말에 어이가 없었기 때문이다.

"그 문제는 걱정 마세요. 여기는 사원 외 통행 금지인 건물이라 모두 이렇게 사원증을 달고 있어야 출입이 가능합니다. 사원증이 없는 분만 들어가지 못하게 하면 됩니다."

남자는 주머니에서 작은 명찰을 꺼내 보여주었다.

명찰에는 얼굴과 이름, 근무 부서가 적혀 있었다.

상수는 남자의 말대로 사원증이 없는 사람만 출입하지 못하게 하면 된다고 하니 고개를 끄덕였다.

"알겠습니다. 그렇게 하지요."

"여기 직원이어도 사원증이 없다면 절대 출입시키면 안 됩니다. 사원증을 가져오지 않았다면 엄연히 그건 그 사람 책임이니 말입니다."

남자는 혹시 있을 실수에 대해 미리 이야기해 주었다.

아무튼 사원증이 없는 사람은 절대 출입시키지 말라는 소리였다.

"그렇게 하지요."

상수가 대답하자 남자는 고개를 끄덕이며 사라졌다.

상수는 출입을 감시하기 위해 만들어둔 경비실로 들어갔다.

데스크는 그 규모가 제법 커서 여러 사람이 있어도 좁지 않을 정도로 넓었다.

"흠, 넓어서 마음에 드네. 그런데 너무 한가한 것 아냐?"

상수는 자신이 다른 직원들보다 일찍 출근하였다는 사실을 모르고 있었다.

상수가 있는 곳은 단지 내 연구동이었고, 이곳의 사원들은 상수보다 한 시간 정도 출근 시간이 늦었다.

이 사실을 알지 못하기에 이런 생각을 하는 것이고 말이다.

약간의 시간이 지나자 연구실로 출근하는 사람들이 한 사람씩 모습을 드러냈다.

"이크, 이제 오는 모양이네."

상수는 급히 경비실에서 나와 가슴에 사원증이 있는지를 확인하기 시작했다.

연구원들은 경비팀에 새로운 사람이 왔다는 것에는 신경 쓰지 않는지 인사도 없이 지나쳐 갔다.

상수는 연구원들의 태도는 신경 쓰지 않고 그저 그들의 가슴만 뚫어져라 쳐다보며 사원증 여부만을 지켜보았다.

눈이 부릅뜨고 확인하는 상수의 옆으로 지나가던 연구원들이 그런 상수를 보며 작은 웃음을 지었다.

"호호호, 이번에는 재미있는 신입이 들어온 것 같네."

"그러게. 눈을 봐. 완전 소 눈이야. 호호호."

여자 연구원들은 상수가 눈을 크게 뜨고 가슴을 확인하는 이유를 알기에 상수가 신입이라는 것을 눈치챈 듯했다.

조금이라도 경험이 있는 경비원은 대놓고 그렇게 연구원들의 가슴을 보지 않을 터였다.

이곳 연구원에는 다른 곳들에 비하여 여자의 비율이 높은 편이었고, 경비원이 하는 일을 출입 통제가 따르는 연구실이면 어디나 그렇듯 인원 파악이 중요함을 다들 알고 있었다.

그렇다 보니 크게 상수의 행동에 신경 쓰지 않는 듯했지만, 만약 다른 직장이었다면 한 소리 나왔을지도 모를 만큼 상수는 진지하게 가슴을(!) 바라보고 있었다.

게다가 연구원들도 경비팀에 새로운 사람이 와서 바라보고 있는 걸 보니 관심이 가는 것은 자연스러운 현상이었다.

게다가 이 회사의 경비팀은 제법 젊고 괜찮은 사람들이 담당들을 하고 있는 편이어서 그들에 대한 연구원들의 호감도가 제법 있는 편이었다.

건장하고 준수한 편인 사내들이 지키고 있다 보니 여직원들의 반응이 뒤따르는 것은 당연지사.

사원등의 위치가 위치다 보니 대놓고 얼굴을 붉히며 바라보고 있어 다른 곳으로 이동조치되는 경우도 왕왕 있었다.

어쨌더나 상수처럼 저렇게 대놓고 눈을 크게 뜨고 가슴을 보는 이는 아직까지 없었지만, 왠지 모를 순진함에 다행히 부정적 반응이 나오진 않았다.

무엇보다 상수의 반반한 비주얼에 외려 가슴에 자신이 있는 여자들은 더욱 가슴을 펴고 걸었다.

여하튼 상수는 여자 연구원들에게 나쁘지 않은 인상을 주고 있었고, 그렇게 상수의 첫 날 출근 통제는 별 탈 없이 이어졌다.

출근 시간이 지나자 상수는 다시 경비실로 돌아왔다.

“휴우— 여자들 가슴만 보고 있으니 이거 정말 환장하겠네.”

상수는 눈을 크게 뜨고 가슴을 보면서 여자들이 많다는 것을 알게 되었고, 여자들의 가슴도 천차만별이라는 신세계를(?) 경험하는 첫 일이었다.

가슴이 빵빵한 연구원은 어깨를 펴고 가슴을 당당하게 내밀고 걸었고, 가슴이 작은 연구원은 조금은 조신하게 걷는 것을 보면서 묘한 컴플렉스 차이 또한 알게 되었다.

하는 일이 가슴의 사원증 여부를 체크하며 인원을 통제하는 일이다 보니 어쩔 수 없는 경험이었지만, 썩 달갑지만은 않았다.

여자에 환장을 한 놈이라면 모르겠지만 말이다.

상수는 애인은 없지만 그렇다고 아무 여자에게나 관심을 가지는 남자도 아니기에, 묘한 민망함을 감출 순 없었다.

무엇보다…….

“모태 솔로인 나한테 이런 일은 고문이란 말이지. 여친도 없고, 에휴……. 여자가 많으면 뭐하나. 그림의 떡일 텐데.”

상수는 여자 연구원들이 상당히 많은 것을 보며 내쉰 아쉬움이었다.

아직 모태 솔로인 상수로서는 아름다운 여성들을 보니 눈은 즐거웠지만 속이 상하는 것은 어쩔 수 없었다.

기껏해야 자신은 경비팀 신입 직원에 불과했고, 연구원으로 있는 저들이라면 분명 자신보다 잘나가는 여성들일 것이다.

그런 이들의 외모와 컴플렉스의 핵심을 열심히 지켜보는 아침이었으니(?) 오죽하랴.

단지 이곳의 여자들이라면 애인들이 있을 것이라는 생각도 들어서 기분이 그리 좋지는 않았다.

미인일수록 애인이 있을 확률이 높을 터이고, 솔직히 아직은 그런 여자에게 데이트를 신청할 능력 없는 자신의 모습에 한숨이 절로 새어나오는 상수였다.

"나도 언젠가는 미인을 사귀는 능력 있는 남자가 되고 말 거야."

그렇게 마음속으로 결심하며 상수는 아름다운 여자들을 보며 첫 업무를 이어나가게 되었다.

제3장 몸에 생기는 이상 증상

UNION BANK

변화의 고민은 난데없이 나타났다.

상수가 근무하기 시작한 지 어느덧 보름이 다가올 무렵이었다.

하루가 다르게 몸이 이상하게 변하는 것에 상수는 고민이 되지 않을 수가 없었다.

"후우, 이거 병은 아닌 것 같은데, 힘 조절이 되질 않는다니… 나중에 큰일 나는 거 아냐?"

상수는 몸이 이상하게 강해지고 있음을 체감하고 있는 중이었다.

처음에는 몸이 점점 상쾌하고 기운이 솟는 정도의 느낌으로 와닿았지만, 꿈을 계속 꾸고 점차 자신의 몸이 바뀌는 것을 느끼니 이게 단순한 문제가 아닌 듯했다.

어제 저녁에 있었던 일이다.

식사를 위해 밥을 푸던 도중 밥그릇에 힘을 주었는데 그대로 밥그릇이 쪼개져 버린 것이다.

게다가 숟가락마저 힘을 주었단 이유로 완전히 휘어져 버린 것.

일이 이 지경이 되고 보니, 자신의 힘이 넘치다 못해 조절이 잘 되지 않는다는 사실을 깨달은 것이다.

너무 강한 힘이 매일 생기고 있으니 이러다가 어느 날 몸이 터져 버리는 것은 아닌가 하는 생각이 들어서였다.

도대체 어디까지 강해지려고 이렇게 몸이 변하는지 걱정이 되는 상수였다.

"이것 참……. 그렇다고 걱정만 한다고 해서 되는 일이 아니니 다르게 생각하자."

상황이 이렇게 되고 나니, 상수는 어린 시절부터 익혔던 무예에 대해 생각이 미쳤다.

어릴 적부터 익혔다곤 하지만 소홀하게 여겼던 점이 있어서 부족함이 많지만, 자신의 힘을 통제하거나 자신을 조절하는 데 있어서 무예만 한 게 없다는 생각을 한 것이다.

외려 강한 힘이 생겼으니 전에 익히지 못한 것들을 확실하게 몸에 익힐 생각이다.

막상 무예를 다시 시작할 생각을 하자 마음이 왠지 두근거리며 설레는 것이 상수는 무예가 체질이라는 생각이 들었다.

"할아버지에게 그동안 미안한 마음이 있었는데 다시 무예를 시작하기로 했으니 이번에는 확실하게 익혀보자. 그래야 할아버지에게 미안하지 않지."

상수는 어린 시절 동네에 살고 계시는 할아버지에게 무예를 배웠다.

오랜 시간 배우고 익혔지만, 항상 할아버지는 마음에 들어 하시지 않았다.

이는 상수가 무예를 이용하여 싸움을 하고 다녔기 때문이다. 물론 상수는 여기에 대한 변명 거리가 있었지만 굳이 말하지 않았다.

물론 자신의 이득 때문이 아니라 친구들을 위해 힘을 사용함을 할아버지 또한 알고 있기에 굳이 지적하거나 하지 않았지만, 무예를 더 열심히 해주었으면 하는 마음은 항상 비추었다.

상수도 그 당시 그런 할아버지의 마음을 모르지는 않았지만, 한참 젊은 혈기의 상수였기에 할아버지의 마음보다는 친구들이 더 소중하게 느껴져 수련을 등한시한 것도 사실이다.

이후 할아버지가 돌아가시면서 상수에게 마지막으로 유언

을 남긴 것이 바로 무예를 더욱 수련하라고 하셨다.

그러나 상수는 수련보다 친구들과 더 노는 것이 좋아했기에 수련에 그리 신경 쓰지 않았다.

매실 할아버지는 그런 상수를 위해 자신의 유일한 유품으로 한 권의 책을 남기기까지 했다.

무예비록이라 적힌 한 권의 서책을.

자신의 힘을 주체하기 힘들어진 지금에 와서야 그 사실이 다시금 떠오르는 상수였고, 미안함이 앞서는 상수였다.

'할아버지, 미안해요. 이제부터라도 할아버지가 원하는 대로 무예를 익히도록 할게요.'

상수는 내심 무예비록을 익혀야겠다고 다짐했다.

자신이 하고 있는 경비 일은 그리 바쁜 일이 아니기에 한가한 시간을 이용해서 무예를 익힐 수도 있을 것이고, 자신의 힘을 조절하는 데에도 도움이 되리라 여기는 상수였다.

거기에 더해 크게 하는 동작은 몰라도 작은 동작들의 경우 경비실에서도 충분히 할 수 있으리란 생각에서였다.

한편, 연구원들은 이번에 새로 온 상수를 두고 많은 이야기가 오가고 있었다.

"이번에 새로 온 경비원은 눈빛이 좋지 않니?"

"눈빛이 나쁘지는 않아. 전에 있던 그 남자는 아주 음흉한 눈빛으로 가슴을 봐서 기분이 나빴는데 이번에는 그런 눈빛이 아니라 다행이야. 무엇보다 잘생겼더라.”

“그건 그래. 전에 있던 경비원은 느낌이 아주 좋지 않았잖아. 그런데 이번에는 좋은 것 같아. 눈빛도 그렇고, 다른 것도 마음에 들어. 나중에 내가 한번 꾀어볼까. 그 정도 비주얼이면 한 번쯤 겪어보는 것도 괜찮지 않아? 묘하게 시선을 느끼는데 두근거리더라, 난.”

연구실에 근무하는 미녀 삼총사로 유명한 여자들이 있었다.

연구실에 근무하는 여자들 중 가장 미모가 뛰어난 이들은 모두 학교 동창이었는데, 학창 시절에도 미모가 뛰어나 학교에서 명성이 자자했던 이들이다.

그런 그들이 다른 누구도 아닌 상수에게 관심을 보이고 있는 것이었다.

제법 스펙도 괜찮은 그들의 눈에 들어온 상수의 모습은 제법 잘생긴 외모에 그 특유의 눈빛이 그들의 눈에 든 탓이기도 했다.

“미영이 너도 마음에 들었나 보네. 나도 그런데.”

친구인 지애도 마음에 들었다고 하자 미영은 눈빛이 살짝 변했다.

“이번에는 나에게 양보해 줘. 전에는 내가 양보했으니 말이야."

　미영의 발언에 지애는 곤란한 표정을 지었지만 미영의 말대로 전에 자신에게 양보하였기 때문에 이번에는 결국 미영에게 양보할 수밖에 없었다.

　"그래, 이번에는 내가 양보할게. 그런데 조금 아깝다는 생각이 드네."

　지애의 말에 향숙도 마찬가지라는 표정이다.

　"나도 그런 생각이 들어. 이번 경비원에게 이상하게 마음이 흔들리는 것 같아. 나도 이런 경험은 처음이야."

　향숙이나 지애, 그리고 미영이 동시에 한 남자에게 마음이 가기는 처음이기에 하는 소리들이다.

　무엇보다 세 사람 모두 묘하게 상수에게서 느껴지는 알 수 없는 분위기에 가슴이 두근거리는 것을 느꼈지만, 그러한 사실을 셋 모두 명확하게 인지하지는 못했다.

　어쨌거나 그들은 미영에게 상수를 양보하기로 했고, 지애와 향숙이 더 이상 아쉽지만, 물러나기로 한 것이다.

　'계집애들, 보는 눈은 있어 가지고. 이번에는 확실하게 느낌이 오니 누구도 접근하지 못하게 단도리를 철저히 해야겠어.'

　미영은 내심 그렇게 결심하며 입술을 깨물었다.

세 미녀의 관심을 받고 있다는 사실을 모르고 있는 상수는 퇴근하여 그동안 보지 않았던 무예비록을 보고 있다.

몸에 이상이 생기면서 점점 변하는 자신에 대한 걱정에 가져온 무예비록이다.

상수는 무예비록을 보며 지난 시절 자신이 배운 무예들도 보게 되었지만 그간 외면하고 있던 것들을 보며 할아버지가 남긴 유산의 새로운 면을 느끼고 있었다.

"이거 보는 것은 처음이지만 전에 다 익힌 것으로 알고 있었는데 아직도 내가 모르는 것들이 더 많았구나. 그런데 이 내기법이라는 것은 도대체가 믿을 수가 있어야지."

상수는 현대의 인물이기에 기라는 것을 솔직히 믿지 않았다.

오죽하면 자신에게 무예를 알려준 할아버지도 기라는 것은 신경 쓰지 말라고까지 하였겠는가.

상수는 내기를 쌓게 하는 내기법이라는 것에 믿음이 가지 않았지만, 그래도 무예를 하는 사람에게 명상을 하는 방법으로는 괜찮다는 생각이 들어서 외우기는 했다.

사실 명상처럼 숨을 다스리곤 한다. 그러나 구체적으로 보기는 이번이 처음일 뿐이다.

내기법이라고 해서 다른 것은 아니고 그저 숨 쉬는 방법이 다르다는 것밖에 없었기에 상수도 그렇게 크게 생각하지 않고 있던 것이다.

현대인들 중에는 내기법과 비슷한 단전호흡을 배우고 있는 이들도 있으니 말이다.

기를 믿지는 않지만 그렇다고 완전히 거짓말이라고 생각지는 않았기에 외워두기는 했던 상수다.

어쨌거나 상수는 새로운 무예들을 보며 그동안 자신이 상당히 무예를 등한시하였다는 것을 깨달았다.

"할아버지가 살아 계셨으면 아마도 어디 한 군데는 부러졌을 거야. 이렇게 게으름을 피우고 있었다니 말이야. 이제부터라도 열심히 익혀야겠다. 배워서 남 주는 것도 아니니 말이야."

상수는 무예를 수련하면 그만큼 몸이 강해지고 건강해질 것을 믿기에 정말 열심히 하리라 마음먹었다.

상수가 살고 있는 집 뒤에는 작은 산도 있으니 수련하는 데에는 그다지 어려움이 따르지 않을 것이라 생각했다.

주간 근무를 서게 되는 때면 상수의 퇴근 시간은 오후 6시 내지 7시.

그렇기에 평일에는 야간 수련을 주로 짜고 주말에는 좀 더 집중적인 수련을 목표로 삼기로 했다.

그렇게 계획을 짠 상수는 다음 날부터 수련에 착수했다.

야간의 산은 오는 사람도 없었고, 작은 산이라 그리 험하지도 않아 오가는 데에도 불편함이 없었다.

상수가 그렇게 수련을 시작하자 상수의 몸에서 다른 변화가 찾아오기 시작했지만, 아직 느낄 만한 수준은 되지 않았다.

사실 상수의 몸에는 한 가지 그가 인지하지 못하는 것이 있었다.

그것은 그가 매일 꾸는 꿈과 매일 밤 벌어지는 일, 즉 기사와 관련한 일이다.

붉은 동전이 그의 몸속으로 흡수된 때부터 그는 매일 밤 짐승의 꿈을 꾸었고, 이를 진정하여 심호흡을 할 때마다 자신도 모르게 붉은 동전의 기운이 상수와 반응하고 있었다는 것을 알지 못했다.

무엇보다 본격적으로 무예비록을 익히기 시작하면서 외면하고 있던 내기법을 운용하기 시작한 순간부터 붉은 동전의 기운은 그 운용 방법에 따라 움직이기 시작했지만, 모든 기운이 따르는 것은 아니어서 상수가 이를 인지하지 못했다.

물론 아직 내기라는 개념이 그의 몸속에 자리 잡은 것도 아닐 뿐더러 내기에 대한 지식이 부족한 탓이었다.

그저 이전에 비해 자신의 강력해진 힘이나 몸의 개운함이 한결 편안해지고, 스스로 조절할 수 있게 되고 있다는 것을 깨닫는 정도였다.

거기에 더해 수련을 하지 않아도 몸에 강한 기운이 생기는 현상을 경험한 상수였기에 대수롭지 않게 여긴 탓이었다.

또한 상수가 운기를 할 때마다 그 붉은 기운이 상수도 알지 못하는 사이 그의 피부까지 단단하게 만들어주고 있음 또한 인지하지 못했다.

그저 더욱 쾌적하고 개운해진다고 여길 뿐.

"이상하게 운기만 하면 몸이 개운하고 점점 머릿속이 맑아지는 기분이네. 확실히 수련하니 여러모로 좋다."

상수는 머릿속이 더더욱 선명하게 깨어나는 느낌이 무예 덕분이라 가볍게 여겼다.

어쨌거나 그렇게 무예를 익히며 상수는 하루하루 일보해 갔다.

그 결과 지옥철로 느끼던 지하철에서도 불편함을 느끼는 경우가 줄어들기 시작했다.

"밀지 마요."

지옥철.

흔히들 말하는 출퇴근 시간의 전철의 풍경을 표현하는 말이다. 빼곡한 인파와 전철의 동선을 따라 이리저리 치이는 그 환경에서 상수는 변화를 맞이하고 있었다.

첫날 출근에 그토록 괴롭던 것이 어느 순간부터인가 사람들을 구태여 밀지 않아도 자신만의 공간을 확보해 내는 듯한 느낌을 받기 시작한 것이다.

사람들에게 밀려나는 느낌을 받지 않고 외려 사람들 사이에서 자신의 공간을 만들어내는 것을 수련의 연장으로 여기니 한결 나아지는 느낌을 받기 시작했다.

기분 또한 예전처럼 불쾌하기보단 삶의 체험이라 여기게 되어 지옥철마저 긍정적으로 여겨졌다.

그렇게 하루하루가 또 지나고 있었다.

그러던 중 사건이 터졌다.

평소와 다르지 않은 출근길이었다.

오늘도 많은 인파 사이에 끼인 상수는 차분히 손잡이를 잡은 채 밀려드는 인파 속에서 자신의 위치를 점한 채 서서 내릴 때를 기다리고 있었다.

그러던 중 불쾌해하는 한 여성의 숨소리가 귀에 들려오는 것을 깨달았다.

무심결에 소리를 따라 고개를 돌렸을 때 한 남자가 내려뜨린 손을 기이하게 놀리고 있는 것을 보게 되었다.

바로 자신에게서 얼마 떨어지지 않은 위치에서 말이다.

치한이 분명해 보였다.

'허, 나이도 있는 사람이 저런 짓을 하고 싶을까?

중년의 남자로 보이는 남자는 정장을 입고 있고 누가 보아도 회사원이 분명해 보였다.

그런 그의 앞에는 한 아가씨가 서 있었고, 그 아가씨의 엉덩이를 쓰다듬으며 집요하게 괴롭히고 있는 게 분명해 보였다.

아가씨는 그런 중년 남자의 손에 불쾌함을 감추지 못하고 있었지만, 인파 탓에 벗어날 수 없는 지경인 듯했다.

상수는 그 남자의 옆으로 가고 싶었지만 사람들 때문에 갈 수가 없어 그냥 볼 수밖에 없었다.

남자에게 희롱당하는 아가씨도 그저 인상을 찡그린 채 끙끙거리는 게 전부인 상황.

그러던 중 그 남자가 어디를 만졌는지 갑자기 아가씨가 고개가 돌아갔다.

휙!

남자는 아가씨가 갑자기 고개를 돌렸지만, 자신과는 상관이 없는 사람처럼 행동했다.

물론 손은 아직도 열심히 작업하고 있었다.

상수는 더 이상 볼 수가 없었기에 주머니에 있는 동전을 꺼내 남자의 손을 향해 던졌다.

쉬이익!

딱!

“아악!”

최근에 상수가 익히고 있는 암기술을 활용한 투전이었다.

원래 무예비급에 따르면 이는 무기를 가지고 덤벼드는 상대로부터 자신을 먼 거리에서 보호하기 위하여 사용하는 기술을 주로 다루고 있었지만, 지금 상황에선 나름 도움이 될 거라 여겨 사용한 상수다.

원래대로라면 암기로 쓰이는 구슬을 써야 정상이지만, 그런 것이 없는 지금으로선 주머니 속에 있던 동전이 가장 효율적이라 할 수 있는 상황.

수련이 덜 이루어진 상황인 일반인이 던졌다면 그리 큰 효과를 보지 못했겠지만, 상수는 자신의 변화 속에서 벌어지는 일로 인하여 몇 배의 힘을 발휘했다.

그로 인해 동전은 흡사 몽둥이로 때린 것과 마찬가지의 효과를 보이며 중년 남자의 손에 강한 통증을 일으키는 데 성공한 것이다.

남자는 손등의 엄청난 고통에 자신도 모르게 비명을 질렀다.

남자가 비명을 지르자 아가씨는 그런 남자의 손이 사라지는 것을 느꼈는지 바로 고개를 돌려 남자를 보았다.

그녀는 아주 고소하다는 눈빛이었다.

출근 전철에 탄 이후 지금까지 계속 중년 남자의 손길에 괴롭던 그녀였다.

주변에 사람들이 있고, 인파로 인하여 확실한 증거를 잡지 못해 혼자 끙끙대다가 도저히 참을 수 없어 그만하라고 고개를 돌린 타이밍에 맞추어 중년 남자가 소리를 지른 것이었다.

"무슨 일이지?"

남자의 비명에 주변 사람들의 눈길이 모두 비명을 지른 남자에게 모였다.

남자는 아픈 것도 중요하지만 남들이 자신을 보고 있다는 생각에 얼른 손을 추스르며 시선을 피해 자리를 옮겼다.

사람들의 시선이 몰린 이상 치한행위는 더 이상 불가능하다 해도 과언이 아니었으니까.

그 와중 열차는 다음 역에 도착하였고, 중년 남자는 문이 열리자마자 기를 쓰고 바로 내려 버렸다.

남자가 사라지는 것을 보고 고소를 머금던 상수는 자신을 도와준 상대를 찾기 위해 주변으로 고개를 돌리던 아가씨와 눈이 마주쳤다.

상수는 아가씨와 마주한 시선을 피하지 않고 조용히 고개를 끄덕거리곤 미소를 지었다.

그제야 아가씨는 상수가 자신을 도왔을 것이란 생각으로 고마움이 담긴 눈빛을 담아 묵례로 답한 뒤 곧 창 밖으로 시선을 돌렸다.

말은 하지 못하지만 누가 자신에게 도움을 주었는지를 알게 되었기에 인사를 한 것이다.

상수는 그런 아가씨의 행동에 조금은 쑥스럽지만, 무예를 통해 누군가를 도왔다는 생각에 가슴이 뛰는 것을 느꼈다.

자신이 오랫동안 잊고 있던 누군가를 돕는다는 경험이 상수의 가슴을 뛰게 한 것이었다.

우리가 살고 있는, 그리고 상수가 오고가는 출퇴근 시간에도 정의나 비겁한 양심들이 있다는 것을 상수는 새삼 깨달았다.

나름 학창 시절에도 정의롭게 살려 노력했던 상수이고, 과거 노가다 판에서 현장 간부들과 실랑이를 벌였던 모종의 이유도 회사 내 물자를 몰래 빼돌리려던 것에 시위하다 벌어진 일이었다.

그럼에도 불구하고 상수는 바르게 살아야 한다는 생각을 굽히지 않아왔다.

'내가 가지고 있는 힘을 이용하면 저런 일을 당하는 사람에게 조금이라도 도움을 줄 수 있다는 걸 항상 잊지 말자. 앞으로도 저런 짓을 하는 놈이 있으면 절대 그냥 넘어가지 말아야겠다.'

오늘날 삶이 각박해지면서 누군가를 돕다가 역으로 체포되는 사람들의 이야기가 종종 들린다.

하지만 그렇다 하더라도 상수는 자신의 신념을 꺾지 않을 것을 다짐했다.

직접적인 도움이 문제가 된다면 이번처럼 간접적인 방식으로라도 도우면 된다는 단순한 생각도 한몫했다.

단지…….

"그러고 보니… 내 500원은……?"

빈곤한 직장인의 소심한 생각에서 벗어나진 못하겠지만 말이다.

＊　　　＊　　　＊

지옥철에서의 일을 겪으며 회사에 도착한 상수는 옷을 갈아입고 경비실로 갔다.

아직 연구원들이 출근할 시간이 되지 않았기에 느긋하게 기다렸다.

그동안 열심히 다녔고, 일을 한 지도 어느새 한 달이 되었다.

가만히 야근 수당이나 특근, 혹은 기본급 등을 따져보고 계산해 보니 택시 운전을 할 때와는 상상도 할 수 없을 만큼 짭짤한 월급이 기대되고 있었다.

택시 운전을 할 때는 매일 사납금을 떼고 월급과 그날의 수

입을 추가로 받고 해봐야 한 달 120만 원을 벌기 힘들었던 상수다.

가끔 24시간 내내 택시를 몰아 겨우겨우 150을 벌기도 하던 상수였기에 기대가 컸다.

더군다나 아침에 좋은 일도 해서 그런지, 기분이 좋은 상수는 얼굴이 유난히 환해졌다.

"통장으로 입금된다고 했으니 오후에 확인해야겠어. 그나저나 진짜 첫 월급이니까 애들에게 한턱내야 하는데 말이야."

상수는 첫 월급이라 친구들과 멋지게 한잔하고 싶었기에 고민이 되었다.

특히 자신에게 이런 멋진 직장을 선사해 준 지성에게는 꼭 은혜를 갚는다는 마음으로 보답해야 한다 여기는 상수다.

상수가 그러고 있을 동안 연구원들의 출근 시간이 되었고, 오늘도 어김없이 하나둘 연구원들이 건물 안으로 들어서기 시작했다.

상수는 생각 중에 연구원들이 출근하는 것을 보고는 빠르게 입구로 나와 바르게 섰다.

바로 명찰이 없는 사람을 찾기 위해서이다.

"어머, 오늘도 우리 경비 아저씨는 나의 가슴만 보시네. 호호호."

여자 연구원들은 그런 상수를 보며 농담을 던지며 지나갔다.

남자들이야 그렇게 신경 쓰지 않고 있었지만 여자들은 매일 가슴을 보는 상수에게 농담도 걸곤 했다.

게다가 잘생긴 상수의 외모는 여직원들 사이에서 나름 인기였고, 어느 순간부터인가 묘하게 여직원들은 상수에게 이끌리는 자신을 발견하곤 했다.

이는 사실 붉은 동전이 가지고 있는 기이한 힘으로 인해 매력을 느끼는 것이 한몫하고 있지만, 누구도 알지 못하는 비밀.

어쨌거나 이제는 안면도 익어서 상수나 여직원들, 혹은 회사 내 사람들이 농담을 상수에게 던지곤 했다.

처음에는 그런 농담에 얼굴을 붉혔지만, 이제는 그 정도는 아무런 내색하지 않을 정도로 단련이 되어 가는 상수였다.

그런 상수를 보며 묘한 미소를 지으며 한 연구원이 회사 안으로 들어섰다.

연구원들 중 발군의 미모를 자랑하는 미영이었다.

지난 한 달 가까운 시간 동안 미영 등 삼인방은 상수에 대한 공략(?)을 준비해 왔다.

그리고 이제 슬슬 그 찌를 드리울 때가 다가오리라 여기는 미영이다.

　아직 상수에 대한 조사가 완전히 끝나지 않아 그냥 보고만 있지만, 조사를 마치면 자신이 가장 먼저 상수에게 작업을 걸 생각이었다.

　경비 일을 하는 상수였기에 그렇게 집안이 좋다고는 생각지 않고 있고, 정밀하게 조사한다고 해봐야 고작 보편적인 수준의 조사밖에 되지 않을 테니 큰 어려움은 없었다.

　'호호호, 이미 애들에게는 양보를 받았으니 조금만 기다려요, 정상수 씨.'

　미영은 속으로 그렇게 말하며 묘한 미소를 짓고 연구실 안으로 걸음을 옮겼다.

　연구실 안, 미영의 자리에는 같은 연구원 동료 두 사람이 미영을 기다리고 있었다.

　상수를 두고 이야기를 나누었던 두 친구였다.

　그들은 미영이 작업할 날을 손꼽고 있던 것이다.

　"미영아, 너 작업한다고 하지 않았어?"

　"그래, 아직도 조사하는 중이야?"

　"오늘 조사 마칠 거야. 이번 주에는 작업할 예정이니 기다려."

　진지한 미영의 대답에 그녀의 두 친구는 신기한 눈빛으로 미영을 바라보았다.

자신들과는 다르게 미영은 이상하게 남자를 작업할 때 항상 그에 대한 학력이나 스펙 등, 신상에 대하여 먼저 조사를 하는 버릇이 있었다.

미영의 집안이나 스펙이 그렇게 나쁘지는 않지만, 그렇다고 남의 신상을 조사할 정도로 좋은 것도 아니기 때문이다.

그런 미영이 항상 남자에 대한 조사를 하고 있으니 이들이 보기에는 참 웃기는 일이었다,

'저 계집애, 또 버릇 나왔네. 지가 무슨 공주라고, 내 참.'

지애는 미영의 그런 짓에 대해서 솔직히 그리 좋게 생각하지 않았다.

자기도 그리 잘살지는 않지만 그렇다고 남자를 잣대를 세워 따지는 것은 그다지 성향에 맞지 않는 탓이다.

이는 향숙도 마찬가지 생각이었다.

이들은 단지 학교 동창이고 친하게 지내기 때문에 미영과 같이 다니고는 있지만 하는 짓을 보면 솔직히 조금은 밥맛이라 여기고 있다.

물론 겉으로는 생각과 다르게 행동했지만 말이다.

"호호호, 그러니? 그럼 내일부터 바로 작업 들어가겠네?"

"그러려고."

미영의 대답에 지애와 향숙은 속으로는 인상을 썼지만 겉으로는 전혀 그런 내색하지 않았다.

미영이 이들과 같이 있으면 자신이 가장 먼저 돈을 많이 쓰기 때문에 친하게 지내 나쁘지 않다는 생각이 우선했지만 말이다.

연구원들의 출근 시간이 끝난 이후 상수는 다시 경비실로 들어갔다.

경비실에서 상수가 하는 일은 간단한 동작들을 몸에 익히는 일이다.

모두 상수가 배우는 무예로 동작이 작은 것들을 중심으로 숙달하기 위해 노력하는 중이다.

전체를 보면 무예를 펼치고 있다 누구나 느낄 법하지만, 부분별로 나누어 하고 있는 지금 남들이 본다면 가벼운 스트레칭을 하고 있는 듯 보일 법한 것들이다.

상수는 경비 일을 하면서 남는 시간을 그렇게 수련을 하며 보냈고, 퇴근한 뒤에는 본격적으로 수련에 임했다.

그렇게 하루하루 보람찬 일상을 채워 나가며 어느덧 일을 한 지도 한 달이 되어갔다.

드드드드.

"지만아, 나다."

"오늘이 월급날이라고 하더니 목소리가 좋네."

"그래, 오늘 내가 한잔 살 테니 애들에게 나오라고 해라. 한번 죽도록 마셔보자. 특히 지성이 꼭 나오라고 하고. 알지?"

"그래, 상수가 산다고 하면 모두 나올 거다."

상수는 택시를 하는 동안 친구들에게 신세를 많이 진 편이었다.

술 한 번 제대로 사기 힘든 스케줄도 그러했고, 택시 운전이 고되다는 걸 알기에 친구들 또한 굳이 술 한 번 사란 말을 하지 않았던 것도 그렇다.

무엇보다 열두 시간 동안 강행하며 차를 몰다 보니 집으로 바로 들어와 휴식을 취해야 하는 상수의 일정엔 어쩔 도리가 없었다.

더군다나 집안이 가난하기에 시골로 내려가신 부모님께 다달이 돈을 보내드리는 것도 있으니 상수가 여유를 내기란 쉽지 않았다.

그런 상수가 처음으로 친구들에게 술을 사겠다고 한 것이다.

한 달 사이 상수의 근무를 함에 있어 상당히 열심이었다.

야간 근무에 대해서도 적극적이었고, 야근이나 추가 수당을 받을 만한 일이 있으면 솔선하기도 했다.

근무에 대한 평가도 좋은 편인 데다가 회사 또한 안정적인 곳이다 보니 상수가 기대했던 것 이상의 월급이 들어왔던 것이다.

그렇기에 친구들도, 상수도 모두 환호했다.

그날 오후, 퇴근 시간에 맞추어 상수는 신속하게 옷을 갈아입고 교대 후 약속 장소로 향했다.

첫 월급이기도 하고, 그간 신세를 졌던 걸 푼다는 의미에서 거하게 쏠 생각이라 약속 장소도 평소와는 달랐다.

상수와 친구들 모두 여자에 관심이 넘칠 나이다 보니, 새로운 여자를 만날 기회를 외면할 리 없었다.

그런 이유로 그들이 만날 장소는 나이트클럽에서 멀지 않은 술집이었다.

상수도 그렇고, 친구들도 전체적인 비주얼이나 스타일 모두 꿀리지 않는 편에 속했다.

어릴 적부터 자신들의 모습에 대한 자신감이 있을 만큼 그들은 제법 잘나갔기에(?) 나이트를 가도 부킹 걱정은 하지 않았다.

물론 그전에 먼저 함께 한잔하는 것이 먼저겠지만 말이다.

상수가 도착했을 땐 이미 친구들이 먼저 와서 기다리고 있었다.

"어서 와라, 오늘의 봉아."

"그렇지. 오늘은 상수가 봉이지. 하하하!"

친구들은 상수가 월급을 타서 좋은 것이 아니라 이제 정상적인 직장을 다니고 있다는 사실이 더 좋았다.

사실 택시를 몰고 있는 상수를 보면 마음이 좋지 않던 친구들이다.

가장 친한 친구이기도 하고, 어린 시절 자신들의 대장이자 우상이나 다를 바 없던 상수다.

그런 상수의 고된 삶이 안타까웠기 때문에 상수의 일이라면 만사 제치고 먼저 알아보았던 세 사람이었다.

이들은 모두 상수에게 어린 시절 많은 도움을 받은 기억이 남아 있기에 언젠가 은혜를 갚고 싶었는데, 적게나마 이를 갚았다 여기는 세 사람이었다.

어쨌거나 그런 기분 좋은 날임이 틀림없었다.

"그래, 오늘은 전부 집합했네. 아주 나를 벗겨먹으려고 작정한 놈들 같은데?"

상수는 오랜만에 이렇게 칼같이 시간 맞추어 나온 친구들을 보며 슬며시 농담을 던졌다.

"하하하, 오늘은 상수가 첫 월급을 탄 날인데 귀빠질 만큼 맞춰줘야지."

"아무튼 여기서 한잔하고 오늘은 나이트 가서 신나게 놀아보자. 오늘 부킹은 지성이가 책임지고. 알지?"

친구 중에 지성이가 가장 말발이 좋아서 하는 이야기였다.

나이트 부킹은 거의 지성이가 전담하고 있기도 했다.

"알았다. 내가 자주 가는 곳으로 가자. 오늘 부킹은 내가 책임지마."

지성이도 자신있게 대답하는 것을 보면 무언가 믿는 구석이 있는 것이다.

모두 즐거운 기분으로 술을 마시고 이 차로 나이트클럽으로 향했다.

지성이 알고 있는 곳으로 향한 그들은 지성을 바로 알아보는 웨이터의 안내에 따라 입구부터 일사천리로 해결이 되었다.

상수 일행은 홀이 아닌 룸으로 안내를 받았는데, 지성을 잘 아는 웨이터 실장이 직접 그들을 안내해 주었다.

어지간히 지성이 이 나이트클럽에서 알아주는 고객인 게 분명해 보였다.

"여기 내가 먹던 것으로 가지고 오고, 아가씨는 책임지고 해줘야 해?"

"하하하, 걱정 마십시오. 제가 책임지고 퀸카로 준비하겠습니다, 사장님."

웨이터는 지성을 깍듯하게 대하며 말했다.

부킹을 하려면 기본적으로 양주를 기본으로 주문하기에

어느 정도는 지갑을 열 각오를 해야 했다.

웨이터가 나가자 지성이 상수를 보며 입을 열었다.

"오늘 상수 돈 좀 나갔겠는데."

"야, 약속한 일에 대해 내가 언제 후회하거나 무르거나 하는 거 봤어? 즐겁게 놀기나 하자. 지성이 네 덕에 다니게 된 건데 뭘들 못 해주겠냐. 게다가 야근 수당이 생각보다 강하더라. 자주는 아니지만, 한 번 정도는 거하게 쏠 생각이었으니까 이번을 그때로 삼자고."

실제로 상수가 일하고 있는 경비팀의 야근 수당은 다른 곳들에 비하여 제법 그 금액이 나오는 편이었다.

게다가 회사 특성상 보안을 중시하고 있는 회사의 방침상 이들에 대한 대우가 높은 탓이었다.

게다가 상수의 업무 태도가 좋다는 것도 긍정적으로 작용해서 아마 이대로 간다면 근무 갱신이나 연봉 협상에서 상수의 연봉이 오를 가능성은, 첫 달임에도 불구하고 예측할 법한 수준이기도 했다.

"그래, 잘 벌면 되는 거지. 아무튼 오늘은 그런 이야기는 접어두고 마시자. 오랜만에 기분 좋게 우리끼리 즐겁게 부어보자고. 그리고 아, 부킹은 각자 알아서 책임지기다? 내 말발로 여자까지 대신 후려주는 건 난 못해. 크크."

지성의 시덥잖은 농담에 친구들은 저마다 터져 나오는 웃음을 주체하지 못하며 저마다 즐거운 목소리로 말했다.

"흐흐, 아무렴. 그래, 그렇게 하자. 오늘 각자의 능력을 보겠어. 다들 알지?"

"알아 모시겠습니다. 크크."

이들은 아주 즐거운 기분으로 대화를 나누었다.

사실 상수는 나이트를 오랜만에 왔다.

스무 살이 되던 해에 몇 번 와본 이후, 지금까지 생활 전선에서 뛰어다니느라 다닐 자금적 여유가 부족했던 탓이었다.

물론 택시를 시작한 이후에는 시간마저도 사라져 버렸으니 반가울 수밖에 없었다.

잠시 시간이 흐르고, 룸 안으로 술이 들어왔다.

상수는 병을 따서는 기분 좋게 모두에게 한 잔씩 돌렸다.

"자, 받아라, 오늘은 기분 좋게 마시는 날이다."

친구들이 모두 술을 받고 상수에게도 따라주자 상수가 가장 먼저 잔을 들었다.

"자, 오랜만에 건배 한번하자!"

"그래, 오늘은 상수를 위하여 건배!"

친구들이 이구동성으로 대답하고 모두 잔을 들었다.

잔을 들자 지성이가 선창을 하였다.

"자, 우리의 친구인 상수가 첫 월급을 탔지만 앞으로 더 많은 돈을 벌기를 바라며 부자 되자!"

지성의 선창에 나머지 친구들도 따라 했다.

"부자 되자!"

"부자 되자!"

모두가 따라 하며 가볍게 잔을 비웠다.

상수와 친구들이 그렇게 즐거운 분위기 속에서 술을 마시는 사이 시간이 조금 지났다.

덜컥!

"자, 사장님들, 여기 아가씨들 왔습니다."

웨이터가 아가씨들을 데리고 들어왔다.

상수와 친구들은 아가씨들을 보며 나름 마음에 드는 여자를 찾기 시작했다.

상수를 제외하곤 다들 여자 친구가 있긴 하지만, 오는 여자를 막을(!) 그들은 아니었다.

그렇다 보니 부킹으로 들어온 여자들을 바라보는 시선이 확연히 달라지는 것은 어쩔 수 없었다.

상수도 마찬가지였다.

젊으면 다 늑대가 되는 것인지는 모르지만 이들의 눈빛은 지금 늑대(?)의 그것이다.

아가씨들은 웨이터가 신경 쓴 탓인지 나이도 어려 보이고 제법 인물도 반반해 다들 안심하는 눈빛이다.

네 명의 아가씨는 웨이터가 자리를 잡아준 대로 앉았다.

물론 각자 쌍으로 말이다.

지성이는 아가씨들이 앉자 바로 말했다.

"여기 아가씨들도 왔으니 우리 소개부터 합시다. 먼저 전 김지성이라고 합니다. 나이는 우리가 조금 많을 것 같으니 오빠라고 부르면 되겠네요."

지성이 먼저 아가씨들이 편하게 놀 수 있는 분위기를 잡아갔다.

이런 일은 지성이가 하는 것이 가장 좋았다.

지성은 이상하게 여자들이 편하게 해주는 마력 같은 것이 있었다.

아가씨들도 지성의 말을 들으며 조금은 편하게 대화를 나누기 시작했다.

"호호호, 오빠들, 저는 진이라고 해요. 나이는 스물두 살이고요, 여기는 친구들하고 놀러왔어요."

진이라는 아가씨가 가장 먼저 인사하며 모두 친구라고 소개하였다.

그 후로는 인사가 계속되었고, 아주 자연스럽게 대화하는 분위기가 이어졌다.

물론 아가씨들도 제법 술을 마시기 시작했기에, 빈 양주병이 늘어나고 있었다.

상수는 어느 정도는 생각하고 있었기에 술값에 대해서는

그리 걱정하지 않았다.

그동안 사용하지는 않았지만, 카드도 있었다.

여기서 마시는 술값 지불할 정도의 한도는 충분히 되었기에, 돈에 대한 신경을 완전히 접어두고 있는 상수였다.

그동안 카드는 있어도 사용하지 않고, 돈을 모으느라 지쳐 있던 상수로선 예상할 수 없을 만한 대범함이기도 했다.

어쨌거나 그렇게 그들의 밤은 조금씩 흥분을 더해가고 있었다.

"상수 오빠, 우리 나가서 춤춰요."

상수의 파트너인 미애가 춤추자고 하자, 그 옆에 있던 지선이도 동조했다.

"그래요. 우리 함께 나가서 춤추면서 몸 좀 풀고 와요. 앉아서 술만 마시면 배 나온단 말이에요."

지선이의 말에 상수와 친구들이 모두 웃었다.

"하하하, 그래, 배 나오면 곤란하니 나가자."

지성이가 나가자고 하자 친구들도 오랜만에 몸이나 풀자는 생각에 입가로 미소를 지으며 일어섰다.

상수도 기분이 좋았기에 춤을 추기 위해 밖으로 나갔다.

홀에는 사람이 많았지만, 평일이다 보니 상수 일행이 춤출 정도의 공간은 남아 있었다.

상수와 친구들이 춤을 추기 시작하자 파트너인 아가씨들도 아주 자연스럽게 춤을 추며 어울렸다.

상수와 친구들은 아직 춤꾼이라는 소리를 들을 정도는 아니었지만 아가씨들은 장난이 아닌 것이 아마도 이런 곳에서 제법 오랜 시간을 보낸 것 같아 보였다.

몸에 밴 춤 솜씨는 속일 수가 없기 때문이다.

"잘 추네."

상수의 칭찬에 상수의 파트너인 미애는 입가에 요염한 미소를 지으며 유혹적인 몸짓을 하였다.

상수는 오랜만에 나이트에 온 것이지만 이런 유혹을 받으니 기분이 묘했다.

남자는 술을 마시면 더욱 강한 용기가 생기는 것인지 모르지만 미애의 유혹에 상수는 기분이 좋은 미소를 지었다.

제4장 나이트에서 생긴 일

UNION BANK

상수와 친구들이 모두 그렇게 기분 좋게 춤을 추고 있을 때 갑자기 시끄러운 소리가 들렸다.

챙그렁!

와장창!

"야! 음악 꺼!"

한 무리의 남자들이 탁자를 뒤집고 병을 깨며 고함을 치고 있었다.

갑작스러운 괴한들의 난입.

흥겨움으로 무르익어가던 나이트클럽에 갑작스러운 흉흉

한 분위기가 몰아친 것이다.

"꺄아악!"

"뭐야?"

나이트는 순식간에 난장판이 되고 말았다.

아마도 다른 조직과 나이트를 관리하는 조직 사이에 전쟁이 일어난 모양이었다.

지성이는 이런 상황을 빠르게 감지하고 상수를 보며 말했다.

"야야, 상수야, 여기 전쟁 난 거 같은데, 더 큰일 나기 전에 조용히 나가자. 저거 조폭들 같은데 얽혔다간 손해야."

지성이는 상수의 성격을 잘 알기에 그를 가장 신경 쓰고 있었다.

상수의 싸움 실력을 알고는 있지만, 마음이 불안한 지성이었다.

과거의 상수의 성격을 생각한다면 불의나 잘못된 것에 대해 참지 못하는 그가 나설 것만 같아 더더욱 불안했다.

하지만 지금 상수와 친구들 근처에는 여자들도 있으니 괜스레 싸움에 휩쓸려 누구 하나 다치는 건 원치 않았다.

하지만 문제는 조폭들이 입구를 막고 있다는 데 있었다.

그렇다 보니 홀에 있던 손님 중 누구도 나가지 못하고 있었다.

나가려고 해도 입구를 막고 있는 조폭들이 들고 있는 야구

방망이로 바닥을 치며 나가지 못하게 하였기 때문이다.

탕탕탕!

"어디를 가려고! 기다렷!"

입구에 다섯 명의 조폭이 연장을 들고 있으니 손님들은 나가려고 엄두도 내지 못했다.

아직 소란이 멈추지는 않았지만 상수와 친구들은 그런 중에도 각자의 파트너를 챙겼다.

"오빠, 조폭들이 싸우려나 봐요. 어떻게 해……."

상수의 품에 안긴 미애는 불안한지 떨리는 목소리로 말했다.

"걱정 마. 우리에게는 해를 입히지 않을 거야. 여기 손님이 많잖아."

상수가 듬직한 목소리로 그렇게 이야기해 주었기에 미애는 조금 안심이 되는지 심하게 떨던 몸이 조금씩 진정되고 있었다.

이는 상수의 친구들도 마찬가지였다.

상수의 친구들은 어린 시절부터 싸움엔 이골이 난 편이라 이런 일에는 딱히 놀라지 않았다.

다만 전과는 다르게 지금은 직장 생활을 하는 건전한 직장인이기에 싸움과는 거리를 둘 수밖에 없는 노릇이었다.

어쨌거나 상수와 친구들이 상황을 주시하고 있을 때 나이트를 관리하는 이들이 이 층에서 내려오고 있었다.

이들도 연장들을 들고 내려오고 있었는데, 공격하는 놈들과 비교해도 수가 만만치 않아 보였다.

아무래도 오늘 공격이 올 것이란 정보를 나이트 측에서도 미리 알고 있었던 것이 분명해 보였다.

꽤 심상치 않은 분위기가 연출되기 시작했다.

이 층에서 내려오는 이들을 보자 공격하기 위해 온 놈들 중 가장 높은 놈의 눈빛이 변하였다.

"우리가 올 것을 알고 있었던 모양이네."

"갈치, 그동안 간이 부었는지 여기를 공격할 생각을 다 하고 말이야. 그리고 일반 손님들은 내보내야지. 우리의 규칙을 어기면 너희에게 오히려 좋지 않은 일이 생길 거야."

나이트를 공격하는 일이 생기면 일반인은 모두 나가게 하는 것이 이들의 규칙인 모양이다.

"아, 걱정하지 않아도 내보낼 거야. 그런데 이들이 있어야 오늘 일을 해결할 수가 있을 것 같아서 말이야."

갈치라는 놈은 나이트에 있는 손님들을 보며 번들거리는 눈빛을 하고 있다.

무엇을 노리는지는 모르지만, 상대 영업장에 피해를 줄 수 있도록 손님들을 인질로 잡고 싶은 모양이다.

상수는 갈치라는 놈이 아주 지저분한 놈이라는 생각이 들자 미애를 품에서 떼어 지성이 있는 곳으로 가게 했다.

"미애야, 지성이한테 다가가 있어."

만약을 대비해 조폭들로 인한 피해를 방지하려는 마음에서 준비하는 것이었다.

조폭과는 싸우고 싶지 않지만, 그렇다고 일반인을 인질로 잡으려는 지저분한 놈들을 그냥 둘 수는 없었다.

지성은 상수가 미애를 자신에게 보내는 순간 눈치챘다.

지성이 상수의 팔을 잡으며 조용히 말했다.

"상수야, 우리 조용히 있다가 나가자. 저들과 엮여서 좋은 일이 없잖아."

지성의 말이 틀리진 않았다. 이 점을 상수 또한 잘 알고 있었다. 하지만 상수의 가슴은 요구하는 바가 달랐다.

저들이 자신의 소중한 이들을 노린다면 그들을 지켜야 하는 힘이 자신에게 있다 생각하는 그였다.

어릴 적부터 보이던 바로 그 눈빛으로 말이다.

그 눈빛을 보는 지성은 다급할 수밖에 없었다.

저런 눈빛을 한 상수는 언제나 정의감에 불타 나서기를 주저하지 않았다.

예전 지성에게 무예를 가르쳐 주었다던 할아버지가 했던 걱정이 지성에게까지 들리는 듯했다.

어쨌거나 상수와 지성이 그렇게 만류와 경계를 반복하는 와중에도 조폭들의 분위기는 살벌해져만 가고 있었다.

갈치는 오늘 공격에 많은 인원을 데리고 왔지만 상대가 만반의 준비를 하고 있는 것을 보고는 최악의 수를 궁리하고 있었다.

갈치 측에서는 이번 대결에 사활을 걸고 있었다.

만약 여기서 박살이 난다면 자신들에게 돌아올 여파는 심상치 않은 수준이 될 것을 예감했기에 영업장에 피해를 주려 손님들을 방패로 쓸 생각을 하고 있었다.

이는 자신의 앞으로 나선 상대를 본 그 순간 떠올린 생각이기도 했다.

자신이 상대하려고 하는 이가 누구인지를 알기 때문이다.

나이트를 관리하는 남자는 조직에서도 제법 유명한 인물로 대검을 무기로 사용했다.

특수부대 출신의 그 사내는 대검을 귀신처럼 사용한다 하여 조폭들 사이에선 특별한 이름으로 불렸다.

칼귀신.

그것이 바로 갈치 상대의 호칭이었다.

칼귀신은 절대 일반인에게는 해를 입히지 않기로 유명했다.

깔끔한 성격과 일반인들에 대한 배려, 심지어 자신의 수하들에게 보이는 정중함은 조폭들 사이에서도 존경을 불러일으키는 요인이었다.

그런 칼귀신을 상대한다는 것이 갈치로선 여간 부담되지 않을 수 없었다.

칼귀신을 상대하려면 결국 그가 선택할 방법은 손님들을 붙들어두어 그의 행동을 제한하는 수밖에 없다는 걸 갈치는 잘 알았다.

조직의 사활이 걸린 이상 갈치는 목숨을 걸어야 했다.

아무 소득 없이 가게 된다면 조직에서 자신의 위치는 절대 안정하지 못할 것이라 물러날 수 없는 입장에 있는 갈치였다.

갈치는 옆에 있는 조직원들에게 눈치를 주었다.

그 순간 갈치의 조직원들이 빠르게 홀에 있는 손님들을 향해 움직였고, 상수는 그런 놈들을 보곤 본능적으로 움직였다.

지성이 말리려고 하는 순간, 상수는 이미 바람처럼 조폭들을 향해 쏘아져 나간 것이다!

그렇게 일은 터졌다!

홀에 모여 웅크리고 있는 손님들에게로 다가가던 갈치의 수하들 앞으로 번개 같은 몸놀림을 보이는 한 사내가 빠르게 손발을 놀려 그들을 가격했다.

전광석화 같은 실력의 사내, 다름 아닌 상수였다.

그 속도가 예삿 사람의 수준을 넘어서고 있었지만, 상수는 이러한 사실을 눈치채지 못했다.

지성과 있던 곳과 제법 거리가 있었는데, 상수는 정말 순식간에 그곳에서 모습을 감추고 조폭들 앞을 가로막아선 것이다.

쉬이익!

퍽퍽!

빠각!

꽈직!

"아아악!"

"크윽!"

"뭐야, 저 새끼는?!"

갈치는 조직원 두 명이 먼저 선수 치는 순간에 갑자기 나타나서 조직원을 박살 낸 놈을 보며 놀란 얼굴로 소리를 쳤다.

이는 칼귀신도 마찬가지였고, 이를 절호의 기회라 여긴 칼귀신은 수하들에게 지시를 내렸다.

"쳐라!"

칼귀신의 명령에 조직원들이 바로 공격하기 시작했다.

조폭 간의 전면전이 벌어졌다.

상수는 쓰러진 두 놈이 일어서지 못하게 다시 걷어차 버렸다.

퍽퍽!

“커억!”

“크악!”

두 놈이 박살이 났지만, 갈치의 조직원들은 이쪽으로 오는 것보다는 칼귀신의 조직원들의 공격을 먼저 막아야 하는 상황으로 싸움판의 양상은 변해갔다.

손님들에게 오는 조폭은 상수 혼자서 막아내고, 갈치 측 조폭과 칼귀신 측 조폭은 서로를 물어뜯는다.

칼귀신 측 조폭들의 약점이라 할 수 있는 손님들을 안전하게 상수가 막아내고 있다 보니 상황은 갈치 측에 불리하게 돌아가기 시작했다.

전황이 어려워지자 갈치는 더 이상 입구를 막고 있을 수 없는 지경으로 몰려갔다.

“모두 박살을 내버려!”

갈치의 명령에 입구를 막고 있던 놈들도 합세하자 홀에 있던 손님 중에 일부는 빠르게 입구를 향해 달려갔다.

입구가 비는 상황으로 변해가자 조폭들을 피해 도망칠 기회가 되었다 여긴 것이다.

그렇게 손님 한두 사람이 입구를 통해 빠져나가자 손님들이 우르르 몰리는 것은 순식간이었다.

그리고 상수는 손님들이 입구를 향해 달려가자 그 뒤를 지키기 시작했다.

상수 때문에 지성과 친구들도 나가지 못하고 상수를 거들어 뒤를 지켰다.

친구를 두고 도망갈 수는 없기 때문이다.

손님들이 입구로 나가기 위해 한꺼번에 많이 몰리는 바람에 오히려 나가는 속도는 더디기만 했다.

"순서대로 나가세요! 그러다가 사고만 나고 제대로 못 나갑니다! 순서를 지켜요!"

상수는 크게 소리쳤지만, 이미 정신이 나간 손님들은 그런 상수의 소리가 들리지 않았기에 서로 몸싸움을 하면서 나가려고 발버둥 칠 뿐이었다.

상수는 저게 겁에 질린 사람의 당연한 상황이라 여겼는데 묘하게 차분한 이성이 돌아오는 것을 느꼈다.

'하기야 저렇게 변하지 않는 것이 오히려 더 이상하겠지.'

상수가 속으로 그렇게 생각하고 있을 때, 지성이 상수를 보며 말했다.

"상수야, 우리도 나가자."

성원과 지만이 여자들을 챙기고 있었지만, 아직 나가지 못하고 있는 여자들은 두려움에 질려 부들부들 떨고 있었다.

홀의 손님들이 입구로 몰릴 무렵, 갈치 패거리와 칼귀신의 조직원들 사이에 치열한 싸움은 형국을 더해만 갔다.

갈치는 손님들을 인질로 삼으면 칼귀신이 공격하지 못할

거라 생각했지만, 칼귀신 또한 손님은 영업장을 관리하는 관리자 입장에서 목숨과 같아 바로 갈치를 치고 들어간 것이다.

칼귀신이 아무리 신사적인 행동으로 유명하다지만 자신의 목숨을 노리는 자에게까지 매너를 지키는 자가 아님을 갈치가 망각한 탓에 벌어진 갈치의 패착이었다.

어쨌거나 칼귀신의 총공세로 갈치의 조직원들은 밀리기 시작했고, 이들까지도 입구 쪽으로 몰려들기 시작했다.

손님들이 제대로 빠져나가지 못하는 상황에서 갈치 측 조폭이 입구로 온다면 상황이 복잡해지리라는 생각이 상수의 머리를 스쳤다.

상수는 그런 놈들을 그냥 둘 수가 없었다.

"저기 테이블을 모두 가지고 와라! 놈들이 이쪽으로 오면 우리가 곤란해!"

"알았어. 그런데 어떻게 하려고?"

지성은 이대로 그냥 나갔으면 하는 마음이 간절했지만, 그렇다고 친구인 상수를 그냥 두고 갈 수는 없었기에 하는 소리였다.

그만큼 네 사람에게는 서로를 지켜주어야 한다는 끈끈한 우정이 깔려 있었다.

그리고 넷이 하나로 뭉치면 무엇이든 이겨낼 수 있다는 믿음이 확고했다.

상수는 지시를 내리면서 자신 또한 테이블을 끌고 와 바리케이드를 치며 말했다.

"막아야지! 인파가 빠져나올 때까지 저 새끼들이 이쪽으로 오면 안 돼. 그럼 우리가 힘들어!"

상수는 손님들이 나가면 자신도 나갈 생각으로 하는 이야기였지만, 지성과 친구들은 상수가 오늘 끝장을 보려는 것으로 오해하고 있었다.

정의의 사도 정상수!

어릴 적 상수를 부르던 별명이 그들의 머릿속을 스친 탓이었다.

상수의 말대로 친구들은 빠르게 탁자를 가지고 와서 놈들이 더 이상 오지 못하게 막았다.

탁자를 쌓고 나니 손님들도 어느 정도 빠져나갔고, 이제 상수와 일행만이 그 자리를 지켰다.

"오빠, 우리도 나가요. 모두 나가고 없어요."

미애는 겁이 나기는 했지만 상수를 두고 갈 수 없었기에 남아 있었다.

상수는 미애와 그 친구들을 보며 고개를 끄덕였다.

더 이상 있다가는 조폭의 싸움에 자신들이 휩쓸리게 될 것이란 생각이 들어서였다.

"좋아. 이제 모두 나가자."

상수의 말에 지성과 친구들의 얼굴이 환해졌다.

자신들은 상수가 나가지 않고 여기서 끝장을 보려는 것으로 알았기 때문이다.

"오케이. 바로 나가자."

상수와 일행은 빠르게 계단을 이용하여 입구를 나섰다.

서둘러 나이트클럽을 빠져나온 상수 일행은 크게 한숨을 내쉬며 주변을 둘러보았다. 주변에는 이미 사람들이 뿔뿔이 흩어져 아무도 존재하지 않았다.

사람들은 저마다 도망치기에 급급해 신고할 생각도, 그 자리를 지킬 생각도 하지 못한 게 분명해 보였다.

아마도 신고를 했다가는 조폭들에게 무슨 짓을 당할지를 모른다는 생각에 그랬으리라.

어쨌거나 상수와 그 일행 또한 이는 크게 다르지 않아 나이트로부터 최대한 멀어지기로 결정한 뒤 각자 파트너의 손을 잡고 힘차게 달려 거리를 벌렸다.

얼마나 달렸을까.

여자들의 거친 숨소리에 맞추어 상수 일행은 충분히 거리가 벌어진 것을 알곤 사람들이 제법 있는 거리에 도착해서야 숨을 돌리며 안심했다.

"호… 호호……"

“하… 하하…….”

마음이 놓이자 여자 하나가 숨을 고르며 자신도 모르게 웃음을 흘렸고, 이 웃음은 꼭 전염이라도 되는 것처럼 너 나 할 거 없이 웃기 시작했다.

그러기를 잠시, 이내 여자들이 눈을 빛내며 상수 일행을 바라보았다.

가장 먼저 미애가 입을 열었다.

“오빠들 정말 대단해요. 무섭지 않았어요?”

미애가 조폭을 상대로 주먹을 날리는 상수를 보았기에 하는 소리였다.

보통의 남자는 그런 상황에서 절대 움직이지 않는다.

자신의 몸을 먼저 생각하고 타인의 일에 개입하려 하지 않는 게 대부분이다. 물론 그들은 그만한 실력이 없기 때문이기도 하겠지만 말이다.

미애와 친구들은 상수와 그 친구들을 보며 실력 있는 남자라는 생각이 들었는지 헤어지기 싫어하는 눈치를 보였다.

자신의 여자를 지켜낼 정도의 용기를 가진 상남자라면 좀 더 만나도 괜찮을 거라 판단한 것이다.

그때 지성이 눈치를 보고 있다가 바로 이들에게 달콤한 말을 던졌다.

“그냥 헤어지는 것은 아쉬우니 우리 다른 곳에 가서 한잔

더하는 게 어때? 나이트에선 아쉬운 상황이 됐잖아. 그렇지?"

지성의 말에 여자들은 바로 수락하였다.

"좋아요. 저도 오빠들과 그냥 헤어지고 싶지 않아요. 덕분에 이렇게 무사히 빠져나왔는 걸요. 게다가 긴장이 풀려서 그런지 배가 좀 고프네요."

지성의 파트너가 대답하자 다른 여자들도 고개를 끄덕였다.

결국 상수와 일행은 밤늦게까지 영업하는 술집을 찾아 자리를 옮겼다.

족발 집이었는데 이 시간에도 손님이 많은 것을 보니, 장사가 잘되는 집 같아 보였다.

"여기 족발 큰 거 하나 하고 소주 좀 주세요."

지성은 들어가자마자 바로 주문부터 했다.

상수 일행은 자리에 앉자 바로 오늘의 일에 대한 이야기를 하기 시작했다.

"오빠는 겁이 없나 봐요?"

"내가 겁이 없어? 무슨 뜻이야?"

"아니, 조폭들이 싸움을 하는데 놈들을 패버렸잖아요."

미애의 상식으로는 도저히 이해가 가지 않은 상황이었기 때문에 하는 소리다.

"조폭은 사람 아닌가? 저들도 우리와 마찬가지야. 단지 겁에 질려 일반적인 사람들은 행동하지 않을 뿐인 거지."

상수는 평소의 생각대로 말하였지만 듣고 있는 미애와 친구들은 그런 상수와 친구들을 이상한 눈빛으로 보았다.

지성이 눈치가 빠른 편이라 이들이 지금 무슨 생각을 하고 있는지 알고 바로 해명을 하였다.

"너희, 꼭 우리가 조폭인 것 같다는 눈빛이다? 우리는 정상적인 직장인이야. 그리고 여기 상수가 어릴 때부터 주먹으로는 꽤 유명한 편이고, 오빠들도 한땐 싸움 좀 했었어. 정의의 사도 정상수! 이게 애 별명이었고 말이야."

지성의 설명에 미애의 상수는 보는 눈빛이 묘해지기 시작했다. 여자인 미애에게는 오늘 있었던 일이 너무도 놀라운 일이었던 건 사실이다.

갑자기 사건에 휘말린 것도 처음이었고, 조폭들의 싸움을 구경한 것도 처음이었다.

그런 겁나는 상황에서 심장 터질 것 같은 조마조마함을 느낀 것도 처음이었으며, 무엇보다 그런 위험 속에서 자신을 지켜내는 파트너들을 만난 것은 가슴 설렐 만한 일이었다.

이러한 여러 경험들이 겹쳐 미애는 상수에 대한 두근거림과 호감을 감출 수 없었다.

어쨌거나 상수는 지성이 이상한 소리를 하자 쑥스러운지 얼굴을 살며시 붉혔다.

"지성아, 이상한 소리 좀 하지 마라. 그냥 놈들 하는 짓이 보기 싫어서 그런 것뿐이야."

상수의 대답에 지성이 아닌 성원이가 대답했다.

"그래, 그렇다고 해야지. 상수는 투철한 정의감이 어디 가겠어? 우리 대장인데. 그런 꼴을 보지 못하니 그런 걸 테고, 우리는 그런 친구 덕분에 휩쓸린 거지. 그래도 오랜만이라 그런지… 두근거리더라."

성원의 대답에 미애와 친구들은 입가로 미소를 그리며 상수와 친구들을 달리 보았다.

요즘 이런 남자들을 어디서 보겠는가.

허풍이 강한 남자들은 사실 부킹 때나 일상생활을 하면서 여럿 보았던 미애와 그 친구들이다.

하지만 이렇게 실질적으로 행동하고 실천하는 남자들은 처음 본 그녀들이다. 상수의 실력이야 아까 눈으로 직접 확인했으니 인정하지 않을 수 없었지만, 다른 친구들의 말을 들으니 왠지 믿음과 신뢰가 갔다.

아직 나이가 어려 그런지, 미애와 친구들은 상수와 친구들을 선망의 눈초리로 바라보았다.

각종 엔터테인먼트에서 보았을 법한 멋진 상남자, 게다가 스타일도 제법 괜찮은 남자들이 바로 그녀들 앞에 앉아 있다.

아직은 삶의 현장을 모르는 나이이니 이런 환상이 더욱 커지는 건 어쩔 수 없다.

　상수는 그런 미애들의 묘한 눈빛을 받으니 솔직히 기분이 좋았지만, 한편으로는 부담이 가는 것도 사실이었다.

　보통은 나이트에서 만나게 되면 서로 좋으면 가볍게 원나잇 정도로 끝나는 것이 정상인 편이다.

　하지만 오늘의 인연은 특별한 사건으로 인해 거기에서 끝날 것 같지 않다는 예감이 상수의 머릿속을 스쳤다.

　이렇게 되면 오늘로 끝나는 인연이 아니라 앞으로 다시 보게 될 수도 있는 사이로 변할 수가 있으리란 생각에서였다.

　자신이야 문제가 없지만 다른 놈들은 그렇지가 않았다.

　자신을 빼고는 모두 사귀는 여친이 있기에 잘못하면 자신이 독박을 쓸 수가 있었다.

　"그런 소리 하지 말고 술이나 마시자. 아까 먹다 말고 나와서 그런지 목 탄다."

　"그러고 보니 오늘 술값은 공짜네?"

　이들은 나이트에서 먹은 술값을 내지 않았다는 것이 지금에서야 생각나서 하는 소리였다.

　"흠, 나는 오늘 돈 굳어서 좋기만 하네."

　상수는 이야기를 듣고는 진짜로 오늘 술값이 굳었다는 생각이 들었다.

　나이트야 다시 가지 않을 생각이니 걱정되지 않았다.

　그리고 그런 상황에서 술값을 달라고 할 나이트도 아니고 말이다.

도망간 것이 아니라 자신들의 영업장에서 그런 일이 생겼으니 결국 나이트에서 손해를 감수할 것이다.

상수는 결국 오늘 먹는 족발 값만 내면 되니 그나마 다행이라는 생각이 들었다.

"상수야, 오늘 좋은 일이 생겼으니 며칠간 술 사라."

"그래, 오늘 행운의 여신이 강림하였으니 며칠간은 사야지."

친구들의 강요에 상수는 입가에 미소를 지었다.

"흐흐흐, 내가 왜? 오늘 산다고 했으니 오늘 지나면 그만이지. 이런 일이 자주 생기는 것도 아니고 말이야."

상수는 아주 능청스럽게 대답했다.

"오늘 상수 오빠가 사기로 한 거예요?"

"그래, 오늘 상수 이 녀석이 월급 탄 날이라 사기로 했지. 그런데 이런 일이 생겼으니 아주 복 받은 거지 뭐겠어."

"호호호, 상수 오빠한테는 좋은 날이네요. 오빠, 그럼 우리 동대문에 가서 옷이나 좀 사줘요."

동대문은 밤새도록 장사하기 때문에 이들이 가자고 하였지만 친구들과 상수는 내일도 출근해야 하는 입장이라 그럴 수 없었다.

"미안하지만 우리는 내일 출근해야 하기 때문에 집에 가야해. 다음에 시간 되면 보자."

상수의 대답에 미애와 친구들은 묘한 눈빛으로 상수를 보았다. 자신과 친구들은 제법 미인이라는 소리를 들을 정도인데, 그런 자신들을 두고 집에 가겠다고 하니 묘하게 자존심이 상한 것이다.

지금까지 만났던 남자들이라면 보내지 않으려고 애를 쓰는데, 그런 남자들과 다른 반응을 보이니 묘한 기분이 든 것이다.

"오빠들 참 재미있어요. 호호호!"

"오빠, 전번 좀 줘요. 다음에 제가 연락할게요."

여자들은 상수 친구들과 전화번호을 주고받았다.

술이 나오고 족발을 먹으며 상수와 친구들은 여자들과 조금 더 친해지게 되었다.

신나게 먹고 마시며 이야기를 하고 나니 제법 시간이 지났고, 상수는 내일을 위해 그만 집으로 돌아가야 할 시간이 되었다.

"이제 그만 마시고 집에 가자."

"어, 그러자."

친구들도 시간이 제법 지난 것을 보고는 자리에서 일어섰다.

미애 일행도 상수와 친구들이 일어서자 같이 자리에서 일어설 수밖에 없었다.

상수는 계산을 마치고 나갔고, 미애는 그런 상수를 따라 빠르게 나갔다.

모두가 나왔지만 각자 가는 길이 달랐기에 서로의 파트너
는 각자 알아서 챙겨주기로 하였다.

친구들과 헤어지고 상수는 미애를 보며 물었다.

"집이 어디야?"

"저는 상계동이요."

상수는 자신의 집과는 솔직히 너무 멀었기에 속으로 인상
을 썼지만 겉으로는 내색하지 않았다.

"음, 오빠는 독산동인데 여기서는 조금 거리가 되네. 어떻게
해줄까? 집으로 데려다 줄까, 아니면 그냥 택시 타고 갈래?"

미애는 상수의 말에 상수를 보고 있다가 대답했다.

"오빠, 솔직히 말해봐요. 제가 마음에 안 들어요?"

미애는 나이트를 자주 다니고 있었고 남자 관계도 처음이
아니었다.

그렇다고 아무하고나 관계를 가지는 그런 질 떨어지는 여
자는 아니었지만, 마음에 드는 남자라면 적극적으로 대시할
줄 아는 여성이었다.

그런데 오늘 정말 오랜만에 마음에 드는 남자를 만났는데
그냥 집으로 가잔다.

묘하게 자존심이 상하는 것은 어쩔 수 없는 그녀였다.

"마음에 안 들기는, 이렇게 미인을 두고 마음에 들지 않는
다고 하면 남자가 아니지. 아주 마음에 들어, 나는."

“그런데 그냥 가라고 하는 거예요? 나는 오늘 오빠랑 같이 있고 싶은데요.”

미애는 솔직하게 대놓고 상수와 같이 밤을 보내고 싶다고 말했다.

그만큼 오늘 상수의 행동은 미애를 감격하게 만들었기 때문이다.

상수는 미애의 대답에 조금 놀라기는 했지만, 그렇다고 거부하고 싶지는 않았다.

저런 미인이 좋다고 하는데 그걸 거절하는 놈은 남자가 아니라는 생각이 들어서이다.

“좋아, 그렇게 하자.”

상수의 호쾌한 대답에 미애는 얼굴을 발그레 붉히며 상수의 팔에 매달렸다.

“…그럼 가요, 오빠.”

상수는 미애가 팔에 매달리며 은근히 가슴을 압박하니 굶주린 늑대의 본성이 나오기 시작했다.

“그, 그래, 가자.”

상수와 미애는 그렇게 둘만의 시간을 가지기 위해 움직였다.

그날 밤이 새도록 늑대의 울음소리가 들렸다는 이야기가 돌았지만 믿는 사람은 그리 많지 않았다.

제5장 경비가 별걸 다 해요

UNION BANK

한 차례 기분 전환이 있었지만, 상수의 일상은 인원 출입 통제와 야간 순찰과의 싸움이나 다를 바 없었다.

회사 생활은 어렵지 않은 편에 속했고, 무엇보다 빠르게 적응하면서 꽤 성실한 근무태도를 보이는 것으로 좋은 평가를 받기 시작했다.

그런 상수에게 본사의 박 조장에게서 연락이 왔다.

"네, 주식회사 누리 ○○단지 경비팀 정상수입니다."

"오, 상수 군. 여기 본사의 박창식 조장이네."

상수는 박 조장이 연락해 와서 아주 반갑게 인사를 했다.

“오랜만입니다, 조장님.”

“그래, 자네도 잘 있다는 이야기는 듣고 있네. 그런데 자네 혹시 파견 나가볼 생각 없나? 출장이라 생각하면 될 거야.”

“출장이라고요?”

상수는 박 조장의 입에서 나온 출장이라는 말에 호기심을 표했다.

“하하하, 어려울 건 없네. 경비팀 업무를 다른 지역에 가서 보는 것뿐이니 말이야. 인원이 좀 급하게 필요해서 둘러보다가 자네 생각이 나서 불렀네.”

상수는 박 조장이 설명해 주니 금방 알아들었다.

“아, 알겠습니다. 어디로 가야 하는 겁니까? 그리고 파견이 끝나면 여기로 돌아오는 건지요?”

상수는 지금 일하고 있는 이곳이 마음에 들어 하는 소리였다.

“그 문제는 걱정 말게. 자네가 출장 가는 동안은 다른 이가 근무를 대신 서게 되고, 일을 마치고 오면 다시 정상적으로 근무하게 될 거야.”

“그렇다면 알겠습니다. 그럼 파견지는……?”

“제주도일세.”

“네? 제주도요?”

“왜, 설레나? 하하. 첫 출장 파견이니 그럴 만도 하겠지. 어쨌거나 자세한 이야기는 내일 본사로 오면 알려줄 테니 내일은 본사로 출근하게."

"그렇게 하겠습니다."

상수는 대답을 하고 나서 제주도로 출장을 가는 것에 대해 생각해 보았다.

자신이 알고 있는 주식회사 누리는 중소기업 수준에서 크게 벗어나지 않는 것으로 생각하고 있었다.

하지만 상수의 생각보다 규모가 제법 되는 것으로 여겨지니 조금은 두근거렸다.

지금 자신이 근무하는 이 단지만 하더라도, 지사가 공정이라기보다는 연구실로 알고 있다.

중소기업 정도라 여긴 회사가 연구소를 운영하며 보안에 신경을 쓴다는 건, 나름의 성장 동력을 가진 곳이라 봐도 무방해 보였다.

하기는 비밀스럽게 연구하는 것이 많다는 지성과 박 조장의 말을 떠올려 본다면 제주도에 지사가 있다 해도 이상할 건 없다는 생각이 드는 상수다.

"하지만 갑자기 제주도라니 좀 뜬금없네……."

상수가 하는 일이 경비팀의 단순 업무다 보니 경비원 정도에 불과한 자신에게 파견 근무 명령이 내려오니 신기할 따름이다.

　어쨌거나 본사에서 이미 내려진 지시이니 따라야 하기는
했지만 솔직히 궁금하기는 했다.
　'그래, 어차피 내일 본사에 나가보면 알게 될 일. 제주도
라⋯⋯. 기대가 되네. 흐흐.'
　쿨하게 생각하며 넘기는 상수였다.

＊　　＊　　＊

　점심시간이 되었다.
　상수는 식사를 위해 잠시 경비실 밖으로 나섰다.
　그런데 그 앞으로 한 미모의 여성이 자신을 기다리고 있는
것을 볼 수 있었다.
　나미영이라는 이름을 가진, 연구원 중에서도 제법 미모가
뛰어난 여자였다.
　"무슨 일이세요?"
　"바쁘지 않으면 저하고 식사하면서 대화를 좀 나누었으면
해서요."
　미영은 화사하게 웃으면서 상수에게 말했다.
　상수는 미모의 미영이 자신과 밥을 먹으며 하고 싶은 이야
기가 있다고 하니 솔직히 궁금했다.
　"밥 먹는 일이 힘든 일은 아니니 그렇게 하지요."

상수의 허락이 떨어지자 미영은 감추어두었던 가방을 꺼냈다.

"여기 도시락이에요. 안에 들어가서 먹어요."

미영이 가지고 온 것은 도시락이었다.

미영은 이 도시락을 싸기 위해 사실 고생 좀 했다.

사실 미영은 음식 솜씨가 좋은 편이 아니다.

그렇다 보니 자신의 실력만으로는 제대로 된 도시락을 만들지 못해 타인의 손을 빌리긴 했지만 나름 열심히 준비해 온 것.

"도시락을 가지고 오신 거예요? 저하고 먹기 위해서요?"

상수는 조금 의외의 눈으로 미영을 보았다.

자신은 여기 경비팀 말단 직원에 불과한 자신과 먹으려 도시락까지 싸왔다고 하니 놀랄 수밖에 없었다.

"예, 같이 먹으려고 집에서 직접 만들어온 거예요."

미영은 혼자 만들지도 않았으면서 자신이 직접 만들었다고 에둘러 말했다.

'내가 만들긴 했으니 뭐, 틀린 말은 아니잖아?

미영은 뻔뻔하게 이런 생각을 하며 자기 합리화를 했다.

어쨌거나 상수는 그런 사실을 모르니 일단 옆으로 비켜서며 안으로 미영이 들어올 수 있게 해주었다.

"우선은 들어오세요."

“고마워요.”

미영은 경비실을 눈으로만 보았을 때는 작아 보였는데 막상 안으로 들어오니 제법 크다는 것을 알았다.

경비실 안에는 소파와 탁자도 있어서 식사를 하는 데는 지장이 없어 보였다.

미영이 자리에 앉자 상수는 미영의 맞은편에 자리를 잡았다.

도시락을 먹기 위해 뚜껑을 열어보니 안에는 아주 정성스럽게 담은 반찬들이 보였다.

실력이 얼마나 되는지는 모르지만 눈으로 보기에는 아주 맛깔스럽게 보였기에 상수는 군침이 돌았다.

“우선 식사 먼저 하지요. 보기에 맛있어 보이니 이거 군침이 도네요.”

미영은 상수의 말에 속으로 미소를 지었다.

“그렇게 해요. 드세요.”

미영은 보온병이 가지고 온 국을 그릇에 덜어주었다.

도시락에 국이 있으니 더 이상 바랄 것이 없는 상황이다.

식당에 가서 먹는 밥이나 도시락이나 상수에게는 별다를 것이 없기 때문이다.

그리고 자신과 함께 식사하자고 하는 미영의 의도를 모르기에 궁금하기도 했고 말이다.

식사는 하는 동안 미영의 눈은 상수가 먹는 모습을 보고 있었다.

미영도 먹기는 했지만 상수가 있는 앞이라 그런지 그리 많이 먹지는 않았다.

어쨌거나 식사를 마치고 도시락을 모두 치우자 상수는 미영을 보며 물었다.

"커피라도 한잔하시겠어요? 제가 드릴 것은 이것밖에는 없네요."

"예, 주세요."

상수는 미영에게 줄 커피를 직접 타서 자신의 것과 같이 준비하여 자리에 앉았다.

"드세요. 그런데 저와 하고 싶은 이야기가 뭐지요?"

상수는 미영과 같은 연구원이 자신에게 하고 싶은 말이 있다고 하니 식사를 하는 동안 내내 궁금했다.

그래서 식사를 마치자마자 더 이상은 기다릴 수가 없어 바로 물었다.

"오늘 제가 온 이유는 정상수 씨에게 관심이 있어서예요. 혹시 결혼하셨어요?"

"풉."

미영의 돌발적인 질문에 상수는 입안에 넣고 있던 커피를 그대로 뿜어낼 뻔했다.

정말 뜬금없고 당돌한 질문이다.

결혼했냐니…….

미모와 몸매뿐 아니라 어디 하나 빠지지 않는 연구원이 자신에게 관심을 가지고 있다는 건 얼추 알겠는데, 너무나 뜬금없는 질문이라 어떻게 반응해야 할지 모르는 상수였다.

"저기 혹시 제가 잘못 들었나요? 저에게 관심이 있다고 들었는데요?"

"사실이에요. 저… 사실 상수 씨 처음 일하기 시작할 때부터 관심있게 지켜봤어요. 뜬금없는 거 알겠는데, 그쪽한테 관심이 가더라고요."

미영의 고백이 상수는 솔직히 믿어지지가 않았다.

저렇게 예쁜 여자가 무엇이 아쉬워 자신과 같은 남자에게 관심을 가지겠는가 말이다.

그러나 한편으로는 미영 스스로도 자신의 당돌한 고백에 놀라고 있기는 마찬가지였다.

정확히는 자신의 감정에 놀라고 있었다.

이토록 당돌하게 대시를 하는 자신을 보게 될 줄은 미영 스스로 알지 못했다.

하지만 묘하게 자신을 바라보는 상수의 눈을 바라보고 있으면 가슴이 거세게 두근거리는 것을 참을 수 없는 미영이었다.

이는 미영뿐만 아니라 연구소 안에 있는 여직원들 대부분
이 겪고 있는 기 현상이었다.

이러한 사실을 다들 제대로 인지하지 못하고 있을 뿐, 상수
에 대한 여직원들의 호감은 대단히 높아져 있었다.

상수는 모르고 있지만 붉은 동전이 흡수된 이후 상수의 몸
에서는 많은 변화가 일어나고 있었는데, 그중 하나가 바로 이
성을 자극하는 기운이 발산한다는 사실이었다.

이는 눈으로 직접 드러나는 것도 아니고, 일종의 페로몬과
같은 현상이며 여자들만 이를 인지하고 있기에 다들 상수의
준수한 외모 탓으로 여길 뿐이었다.

어쨌거나 상수의 지속적인 시선을 받고 있는 여직원들은
자신들도 모르는 사이에 상수의 마력에 의해 가슴앓이를 하
고 있던 것이고, 그중 미녀로 손꼽히는 미영이 가장 먼저 대
시를 해온 것이다.

"아니, 저기, 그렇게 말씀해 주시니 솔직히 고맙기는 하지
만 저는 이해가 가지 않네요. 기껏해야 경비원에 불과한데 말
이죠. 제 어디가 그렇게 좋으셨어요?"

상수의 솔직한 대답에 미영은 입가에 미소를 지었다.

"알아요. 상수 씨가 경비원인 걸 모르는 연구원도 있나요,
뭐. 매일 아침 보는데 모르고 있다면 말이 되지 않죠. 하지만
말이에요. 상수 씨에게는 묘한 매력이 있어요. 저도 그런 그

매력에 이끌리고 있는지 모르지만요."

상수는 태어나서 처음으로 자신에게 매력이 있다는 소리를 들었다.

자신에게 매력이 있다면 미애는 왜 아무런 이야기를 해주지 않았는지 이해가 가지 않았다.

미애는 자신에게 매력을 느끼는 것이 아니라 자신의 실력을 보고 일종의 선망의 대상으로 생각했다고 보는 게 옳았다.

그리고 흔히 말하는 징검다리 효과가 더 미애와 상수 사이에 더 크게 작용했던 것이니 말이다.

어쨌든 간에 자신이 매력이 있다는 소리를 들으니 상수는 기분이 묘했다.

"저에게 매력이 있다는 소리는 오늘 처음 듣네요. 어쨌거나 매력이 있다는 이야기는 좋은 뜻으로 하시는 말씀이니 기분은 좋네요."

상수는 솔직하게 자신의 기분을 털어놓으며 슬며시 웃음을 지었다.

매력이 없는 남자보다는 매력적인 남자이고 싶은 게 사람의 심리다.

미영의 진지한 태도와 반응 또한 이를 어필한단 생각이 들어 상수는 저도 모르게 으쓱한 기분이 들었다.

반면, 미영은 그런 상수의 태도가 왠지 귀엽게 느껴질 뿐이었다.

자신의 매력이 분명하게 보이는데 스스로 그렇지 않다 여기는 것 같아 너무 겸손하단 생각도 병행했다.

진지하게 미영은 다시 한 번 상수에게 말을 건넸다.

"상수 씨는 정말 매력이 있는 남자예요. 저 아무한테나 도시락을 싸서 나오는 여자 아니에요. 그러니 자신감을 가지세요. 그리고 제가 여기 온 이유는 상수 씨와 앞으로 계속 만나보고 싶어서예요. 저… 어때요?"

미영은 제법 당돌하게 상수와 만나고 싶다는 이야기를 건넸다.

모태 솔로로 살아온 꽤 긴 세월 동안 이렇게 여자가 대시해 온 것은 며칠 전 밤에 이어 이번이 처음이었다.

사실상 여자가 던진 고백을 처음 듣는 상수다.

외모는 제법 반반하지만, 이상할 만큼 여자가 따르지 않던 그였으니 이는 더했다.

하지만 내심 혼란스러운 것은 사실이기에 바로 대답하지 못하고 있었고, 그런 상수를 보는 미영은 왠지 자존심이 상해 조금은 차갑게 눈을 빛냈다.

'내가 자존심까지 버리면서 고백했는데 고민하고 뜸 들이는 건 뭐야?'

미영은 상수가 바로 대답하지 않자 고민하고 있다는 생각이 들었고, 그런 생각은 바로 자존심으로 연결된 것이다.

하지만 상수는 미영의 생각과 달랐다.

'아니, 갑자기 찾아온 것만 해도 놀랄 지경인데 이건… 사귀자는 거지? 이런 미녀가……. 요즘 들어 갑자기 여복이 따르는 건 대체…….'

상수는 미영의 외모를 보면 거부하고 싶은 마음은 눈곱만큼도 없었다.

어차피 여자를 사귀려면 지금이 좋은 기회라는 생각도 들어서 고민되었다.

약간의 시간이 지나자 상수는 결심하였는지 미영을 보며 입을 열었다.

"저에 대해 알고 계시다고 하니 더 이상 이야기하지 않겠습니다. 경비 일을 하는 이런 저라도 마음에 드신다면 우리 사귀기로 해요. 솔직히 저는 아직까지 여자를 사귄 적이 없어서 어떻게 말을 해야 할지를 몰라서요."

상수의 대답에 미영은 금방 환한 미소를 지었다.

여자 친구를 한 번도 사귀어본 적이 없다는 소리에 미영은 가슴이 터질 것만 같았다.

자신도 처녀는 아니지만 항상 생각하고 있는 것이 있다.

자신의 마음에 드는 남자, 자신만을 바라봐 주는 남자와 만나 결혼하고 싶은 평범한 여자란 사실이었다.

물론 미영이 남자를 만나면서 그 상대에 대하여 조사하는 버릇이 생긴 것은 이유가 있다.

예전에 사귀었던 한 남자의 복잡한 여자관계가 문제가 되었던 적이 있기 때문이다.

무엇보다 가슴이 먼저 끌린 상대는 상수가 처음이었기에 상수의 말이 더욱 반가운 것이다.

여자관계가 복잡한 남자와는 만나고 싶지가 않아서 사전에 넌지시 알아본 바에 따르면 주변에 여자가 없는 건 확실해 보였으니 말이다.

"정말이지요? 그러면 우리 이제부터 애인이 되는 거예요?"

"헉! 벌써… 애인… 인가요?"

상수는 미영이 애인이라는 소리에 놀랐다.

"호호호, 지금 상수 씨 표정이 얼마나 웃긴지 아세요?"

미영은 자신의 추측과 다르지 않은 상수의 반응에 여자관계가 복잡하지 않은 사내일 것이라 확신했다.

이런 남자라면 사귀는 것도 괜찮을 듯했다.

집안 문제는 살면서 조금씩 풀어나갈 수 있는 문제라는 막연한 생각을 하며 말이다.

연구원으로서 자신이 벌어들이는 수익이 적지 않은 편이다.

남자가 벌이가 아쉽다면 여자가 더 벌 수도 있다는 게 아직 어린 미영의 판단이었다.

"흠, 제 표정이 그렇게 이상합니까?"

상수는 아직도 어리둥절한 표정이었다.

'솔직히 과분한 여자인데, 이런 행운이……'

상수가 생각했다.

하기는 아직까지 여자를 제대로 사귀어 본 경험이 없는 상수의 입장에서는 어쩌면 당연한 일이겠지만 말이다.

"예, 정말 재미있는 표정을 지었어요. 아, 시간이 벌써 이렇게 됐네요. 이따가 저녁에 퇴근하고 우리 만나서 술이라도 한잔 어때요?"

"그렇게 하지요. 그런데 연락은 어떻게……."

"호호호, 여기 명함이요. 상수 씨도 명함 주세요."

서로의 연락처를 모르게 때문에 명함을 주고받았다.

그리고 미영은 처음 갑자기 찾아왔던 것처럼 황급히 자리를 벗어났다.

미영이 떠난 이후, 상수는 자리에서 움직일 생각을 하지 못했다.

자신의 손에 들려 있는 미영의 명함을 보며 아직까지 얼떨떨한 기분이었다.

갑자기 엄청난 미인이 찾아와서 애인을 하자고 하니 아마

도 이 상황을 이상하게 생각지 않은 남자는 아무도 없을 것이
다.

"이거 참, 갑자기 이상한 일이 생기니 정신을 차릴 수가 없
네. 그런데 이거 좋은 일이지?"

혼자 이렇게 중얼거리는 와중에도 미영의 얼굴이 머릿속
을 걸어 다니고 있다.

그만큼 미영은 미모가 뛰어났기 때문이다.

이후 상수는 하루가 어떻게 지나갔는지 도무지 알 수 없었
다.

정신을 차리지 못한 채 일하다 정신을 차려보니 어느덧 퇴
근시간이 되었고, 회사를 나서 만나기로 한 카페에 가니 창
너머로 미영의 모습이 눈에 들어왔다.

회사와는 조금 떨어진 곳이지만 그래도 조심하는 것이 좋
겠다는 생각에 주변을 살피며 다가서는 상수였다.

무슨 스파이 작전을 하는 것도 아니고 말이다.

문을 열고 안으로 들어가니 안에는 미영이 먼저 와서 기다
리고 있었다.

"여기요."

미영은 상수가 들어오자 바로 손을 흔들며 자신의 위치를
알려주었다.

상수는 미영이 있는 곳으로 가서 맞은편에 앉았다.

"오래 기다렸어요?"

"아니에요. 책을 보고 있으니 시간 가는 줄도 몰랐어요."

미영의 옆에는 두툼한 책이 놓여 있었다.

연구를 하는 사람이라 그런지 항상 책을 가까이하는 모양이다.

책하고 상수는 조금 거리가 있는 관계였지만 말이다.

상수는 미영과는 다르게 대학을 졸업한 것도 아니고 고졸이기에 오늘 근무를 하면서도 그런 자신과 사귀려고 하는 미영이 이상하게만 느껴졌다.

"우리 나가죠. 아직 제가 얼떨떨해서… 그러니 나가서 술이나 한잔하면서 이야기하지요."

상수는 지금 술을 마시고 싶었기에 하는 소리다.

미영의 말을 믿고 싶었지만 무언가 마음에 걸리는 것이 있었다.

여자들이 남자를 놀리기 위해 이런 장난을 칠 수도 있다는 생각이 들어서였다.

미영은 상수의 술을 마시고 싶다는 말에 눈빛이 빛나며 바로 대답했다.

"그래요. 우리 나가요."

미영은 이미 차를 마셨기에 나가도 상관없었다.

둘이 나와서 주변을 살피니 호프집 하나가 눈에 들어왔다.

"미영 씨, 저기 호프집이 있는데 그리 가시지요."

"예, 좋아요."

여자인 미영을 위해 소주보다는 맥주가 좋겠다는 생각에
한 이야기였는데 미영은 상수의 말에 흔쾌히 수락했다.

둘은 바로 호프집으로 갔다.

상수는 맥주를 시켜 처음에는 아무런 말도 하지 않고 묵묵
히 마시기만 했다.

하지만 아무리 마셔도 술이 취하지 않아 결국 상수는 소주
를 주문하였다.

소주와 맥주를 같이 마시니 조금은 취기가 올랐고, 어느 정
도의 시간이 지나자 겨우 용기가 난 상수는 미영을 보며 입을
열었다.

"저기 미영 씨, 아까 저에게 매력이 있어서 사귀고 싶다고
하셨지요?"

"예, 분명히 그렇게 말했죠."

"그런데 아무리 생각해도 저에게 매력이 있다는 말이 믿어
지지가 않습니다. 그동안 전 살아오면서 매력이 있다는 이야
기를 들어본 기억이 없습니다. 그런데 어느 날 갑자기 엄청난
미인이 나타나서 매력을 느끼니 사귀자고 하니 오늘 제가 하
루 종일 무엇에 홀린 기분이었습니다."

상수는 솔직하게 자신의 생각을 그대로 말했다.

미영은 상수가 하는 이야기를 모두 듣고는 크게 웃었다.

"호호호, 상수 씨 정말 순진하네요."

미영이 웃자 상수는 미영이 왜 웃는지도 알 수 없었다.

"저는 진짜로 상수 씨에게 매력을 느꼈어요. 그래서 그동안 상수 씨를 지켜보았고요. 그래서 내린 결론이 이 남자라면 괜찮겠다 하고요. 저도 사실 제 자신이 왜 이러는지 모르겠어요. 하지만 진심으로 상수 씨와 만나고 싶은 것은 사실이에요."

미영의 대답에 상수는 미영의 눈빛을 보며 거짓말하지 않고 있다는 사실을 확실하게 느낄 수가 있었다.

무언지는 모르지만 미영이 보는 관점이 다른 사람과는 다를 수도 있다는 생각이 드는 상수였다.

'미영 씨는 다른 여자들과는 다른 시선으로 남자를 보는가?'

상수는 그런 생각이 들었지만 겉으로 내색하지는 않았다.

그리고 솔직히 저런 미인과 사귀고 싶기도 했다.

아까는 얼떨결에 허락했지만 시간이 지나면서 이거는 아니라는 생각이 들어 퇴근하고 만나 이야기하며 진심을 알고자 했는데, 미영은 확실히 자기에게 관심을 보이고 있기에 상수는 마음의 결정을 내릴 수밖에 없었다.

"미영 씨가 그렇게 생각하고 계신다면 좋습니다. 오늘부터 저와 만나기로 하지요. 서로 아직 잘 모르지만 그거야 시간이 해결해 주겠지요."

"호호호, 잘 생각하셨어요. 우리 이제 일 일… 인가요?"

"예, 그렇죠. 일 일……."

상수는 그렇게 새로운 인연을 만들고 있었다.

하지만 상수는 미영과 사귀기로 하면서도 내심 신기하기만 했다.

'경비를 해도 이런 일이 생기네.'

상수는 자신에게 이런 행운이 생길지는 정말 상상도 하지 못했다.

그런 행운이 자신에게 생겼기에 솔직히 기분은 엄청 좋았다.

미인과 만나고 싶지 않은 남자는 아무도 없을 것이니 말이다.

사인방 중 유일하게 모태솔로였던 자신이 경비 일을 시작한 이후 여복이 터질 줄은 누가 알았겠는가 말이다.

제6장 상수는 출장 중

UNION BANK

상수는 미영과 첫 만남을 가진 그날, 바로 내일부터 제주도로 출장을 간다고 말했다.

미영은 경비도 출장을 가느냐고 하였지만 상수도 모르는 일이었기에 본사에서 지시라 어쩔 수 없이 가게 되었다고만 했다.

결국 둘은 매일 전화로 연락하기로 약속하고 헤어졌고, 상수는 집으로 돌아와서는 간단하게 출장 준비 후 자리에 누웠다.

하지만 잠은 오지 않고 미영에 대한 생각만 나는 것이 상수를 괴롭게 하였다.

"내가 미쳤나? 오로지 미영 씨에 대한 생각뿐이니 말이야."

상수는 미영에 대한 생각으로 들떠 잠이 도통 오지 않았다.

술자리에서 봤던 미영, 도시락을 들고 자신을 기다리던 미영 등… 전형적인 연애 초심자의 연인 앓이(?)를 하고 있는 것이다.

어쨌거나 지금은 일을 위해서 자야 할 때, 우선은 일이 우선이라고 마음을 다독이며 말이다.

여자도 좋지만 먹고사는 것이 우선일 수밖에 없는 상수니 말이다.

그렇게 억지로 잠을 자려고 하였지만 비몽사몽 시간만 지나고 결국 잠을 자지 못한 상수는 이침을 맞이해 버렸다.

"휴우, 몸은 피곤하지 않지만 이런 일로 잠을 못 자는 것을 보면 나도 나약한 인간이 맞네."

여자 문제로 잠을 자지 못했다는 것에 상수는 씁쓸한 미소를 지었다.

아침이 되자 출근하기 위해 상수는 부지런히 씻고 준비한 가방을 들고 나섰다.

본사 입구에는 아직 출근 시간 전이라 입구가 한가롭기만 했다.

본사는 24시간 교대로 근무하기 때문에 항상 사람이 대기하고 있었다.

"안녕하세요."

상수는 경비실을 보며 반갑게 인사했다.

"누구십니까. 이 시간에는 경비들이 출근하는 시간인데?"

"아, ○○단지 소속으로 일하는 정상수라고 합니다. 본사로 출근하라는 지시를 받고 왔습니다."

상수의 대답에 경비실의 남자는 의심스러운 눈빛으로 질문하였다.

"누가 본사로 오라고 하였나요?"

"박창석 조장님이 오라고 해서 오게 되었습니다."

상수의 대답에 경비는 바로 인터폰을 이용하여 연락하였다.

디디디디.

"여기 정문 경비실입니다. 오늘 본사로 출근하기로 한 직원이 있습니까?"

"예, 오늘 지사의 정상수 씨가 출근하기로 되어 있습니다."

인터폰으로 연락을 한 경비는 수화기를 놓고 상수를 보고 물었다.

"이름이 어떻게 되요?"

"정상수입니다."

"그러면 들어가세요. 바로 오라고 하니 바로 경비팀 사무실로 가시면 됩니다."

"예, 걱정 마세요."

상수는 전에 가보았던 곳이기 때문에 어렵지 않게 찾아갈 수 있었다.

상수가 가는 것을 보고 있던 경비원은 상수가 제대로 가고 있는 것을 확인하고는 고개를 돌렸다.

상수는 박 조장이 있는 사무실로 바로 갔다.

똑똑.

노크를 하자 안에서 바로 답변이 들렸다.

"들어오세요."

문을 열고 안으로 들어가니 안에는 박 조장은 없고 전에 보았던 아가씨와 다른 남자가 있었다.

"안녕하세요. 정상수라고 합니다. 오늘 본사로 출근하라는 지시를 받고 오게 되었습니다."

상수는 자신이 여기에 온 이유를 명확하게 밝혔다.

"어서 오세요. 우선 조장님이 아직 오시지 않았으니 잠시 차를 마시며 기다리시면 됩니다."

남자는 상수와 그리 나이가 차이가 나지 않아 보였다.

그래도 처음 보는 사람이라 조심스럽게 대할 수밖에 없었다.

"예, 감사합니다."

상수가 자리에 앉자 아가씨가 커피를 내왔다.

상수는 커피를 마시며 느긋하게 박 조장이 오기를 기다렸다.

본사라고 해봐야 이미 지난번에 한 차례 다녀갔던 터라 굳이 긴장하는 기색이 없는 상수다.

먼저 와 있던 사내가 묘한 시선으로 그런 상수를 바라보고 있었다.

호기심 반, 관찰 반.

상수가 느끼는 남자의 시선에 대한 결론이었다.

남자는 어딘지 모르게 자신을 주시하면서 관찰하고 있는 게 분명해 보였다.

상수는 남자가 자신을 계속 지켜보고 있다는 사실을 알고 있지만 신경 쓰지 않았다.

'지가 보면 어쩔 거야?

상수는 그렇게 생각하며 다른 생각에 빠지기 시작했다.

그것은 다름 아닌 무예에 대한 것이었다.

최근 상수의 무예 실력이 빠르게 성장하고 있었다.

새로운 경지에 눈을 뜨기 시작했다고 해야 할까.

어느 순간부터인가 무예비록에 담긴 그림이나 행동을 보는 것만으로 머릿속에서 그 장면의 흐름이 연출되면서 자신도 쉽게 이를 행할 수 있는 느낌을 받기 시작한 것이다.

그러면서 순간마다 변화의 흐름이 붉은 빛을 내며 자신의 머릿속에 그려지기 시작한 것이다.

이는 붉은 동전의 영향력이 알게 모르게 작용한 것이지만, 상수는 여기까지는 알지 못했다.

여기에 더하여 운기가 조금씩 그 역할을 드러내기 시작했다.

아직 운기를 하면 크게 이상 증상은 없었지만, 심호흡으로 자신을 다스리던 순간들과는 차원이 다를 만큼 자신을 관조하는 시선이 생겨나고, 몸의 작은 부분 하나하나가 어느 정도 느껴지기 시작한 것이다.

머리가 맑아지고 피로가 가시며 몸의 작은 곳 하나까지 점차 활력을 찾는 듯한 경험을 받기도 했다.

'운기를 하면 머리가 맑아지고, 전과는 다르게 기억력이 아주 좋아진 것 같단 말이지. 진짜 회춘이라도 하나? 이 나이에 무슨 회춘이겠냐만. 흐흐……'

상수는 이런 상상을 하며 혼자 실없이 미소 지었다.

운기와 무예 수련.

이 두 가지가 가져온 상수의 변화는 붉은 동전의 꿈을 꾸기 시작한 그때부터 늘어난 신체적 활력을 조절하게 해주는 것은 물론이거니와 여러 가지 긍정적인 효과들을 가져왔다.

처음에는 이상한 생각이 들어 솔직히 조금은 겁이 나기도 했는데 생각을 바꾸니 마음이 편해진 상수였다.

그때 경비팀 사무실의 문이 열리더니 박 조장이 안으로 들어왔다.

"아, 상수 군! 내가 늦어서 미안하네."

"아닙니다. 그렇게 늦지도 않았는데요."

박 조장은 어제 야간 조에 있었기 때문에 집에 가서 옷을 갈아입고 출근하였다.

상수는 모르지만 박 조장이 아마도 야간 일을 제일 많이 하고 있는지도 몰랐다.

상수는 박 조장과 몇 마디 안부를 나눈 뒤 업무와 관련한 이야기를 본격적으로 시작했다.

"자네가 가야 할 곳은 제주도에 있는 공장이네. 사실 우리 회사에서 이번에 큰 프로젝트가 하나 있어서 이와 관련하여 가게 되는 걸세. 그곳의 경비를 맡으면 되네. 자네에 대한 검증의 장이 될 거야."

상수의 실력은 박 조장도 잘 알지 못하지만 지성의 실력을 알기에 상수에 대한 실력도 상당하다고 짐작한 것이다.

상수는 남들이 생각하는 단증은 없었지만, 그 실력은 엄청났다.

물론 이는 전과는 다른 엄청난 발전이 있었기 때문이기도 하지만 말이다.

"검증이라 하심은……?"

"지금 말해줄 수 있는 사안은 아닐세. 도착하면 특별팀을 꾸린다는 것만 알게. 상당히 중요한 일이니 잘해보게. 부수적인 포상도 걸려 있으니."

박 조장은 이번 일이 상당히 중요하다는 것을 이야기해 주었다.

물론 그에 따른 보상도 상당하다고 한다.

거기에 더해 부수입이 생기는 일이라는 소리에 눈빛이 달라진 것이다.

이제 애인도 생겼으니(?) 그만큼 많은 돈을 벌어야 한다는 생각이 들어서였다.

"알겠습니다. 제주도는 언제 가야 하나요?"

"출발은 오늘 바로 출발해야 하네. 회사에서 차량을 지원해 줄 테니 그걸 타고 가게."

"알겠습니다. 그런데 이번 일에는 많은 분이 가겠네요?"

상수는 제주도의 일이 중요하다고 해서 그냥 물었다.

"그렇다네. 자네 말고도 실력 좋다는 사람들은 모두 제주도로 갈 것이네. 특별팀을 구성하는 거라서 말이야. 이번에 실력이 검증되는 직원들은 이번 제주도 건 외에도 경비팀으로서 하게 되는 여러 일에 참여하게 될 거야. 한번 잘해

보게."

상수는 실력이 좋다는 사람들이 모인다는 소리에 약간 기대가 되었다.

자신의 실력이 좋아지기는 했지만 아직은 확실하게 얼마나 되는지를 몰라서였다.

그런데 이번에 강한 실력을 가진 이들이 모인다고 하니 상수에게는 아주 좋은 기회가 될 수도 있다는 생각이 들었다.

"알겠습니다. 그렇게 알고 준비하지요."

박 조장은 상수의 대답에 눈빛을 보게 되었고, 그 눈빛을 보니 이상하게 믿음이 가는 자신을 보며 속으로 웃음이 나왔다.

'나도 이제 늙어가는 건가? 아직 저 친구의 실력을 눈으로 확인도 안 하고선 이렇게까지 편을 들다니 말이야. 뭐, 지성이가 한 이야기가 있으니 두고 보면 알겠지.'

박 조장은 상수의 실력을 알지는 못하지만 솔직히 상수를 뽑은 이유가 지성의 말 때문이다.

박 조장과 지성의 인연도 아주 묘하게 만들어졌지만 말이다.

당시 박 조장은 회사 일로 급하게 본사에서 지방에 위치한 연구 단지로 이동을 하는 상황이었다.

그러던 와중 사고가 벌어진 것이다.

끼이이이이익!

난데없이 한 대의 차량이 측면에서 달려들어 박 조장의 차를 그대로 박아버린 것이다.

거기서 끝나는 게 아니라 반대편 차선에서도 차 한 대가 달려들어 나머지 측면을 박아 박 조장이 움직일 수 없게 만들어버렸던 것.

이후 자신의 차를 들이박은 두 차량 외에 후방에서 찾아온 봉고 차량들에서 다수의 인원이 흉기들을 착용한 채 다가오기 시작한 것이다.

"너희는 누구냐?"

박 조장은 자신에게 다가오는 이들을 보고는 놀라 소리쳤다.

"당신을 죽일 생각은 없고, 그 품에 있는 서류는 가지고 가야겠으니 협조 부탁하오."

박 조장도 실력이 나쁜 사람이 아니지만, 이때는 교통사고로 인하여 다리를 움직일 수 없는 상황이었다.

그리고 자신이 있는 위치가 사람들이 잘 다니지 않은 곳이기도 했기에 놈들의 손아귀에서 벗어날 방법이 없다는 생각이 들자 절망감이 들었다.

'품에 있는 서류는 회사의 특급 기밀이 담겨 있다고 했는데 놈들에게 빼앗기면 아마도 회사는 엄청난 타격을 받게 될 것이다. 사장님이 특별히 부탁하였는데 그 부탁도 들어드리지 못하게 생겼으니 어떻게 하지?

박 조장이 걱정과 근심이 쌓인 눈빛으로 고민하고 있을 때 갑자기 커다란 소리가 들렸다.

"동작 그만! 이 새끼들, 가만 보니 완전 양아치 새끼들이잖아."

길 위에 있는 산 길을 타고 내려오는 존재가 있었으니 바로 지성이었다.

지성의 손에는 지게를 지기 위해 가지고 간 지팡이를 들고 있었는데 지금 그 지팡이를 들고 내려오고 있는 중이었다.

지성은 언덕에 있을 때 사고가 나는 장면을 모두 보게 되었는데 그 사고가 자연스러운 것이 아니라 놈들이 일부러 사고를 유발한 것을 확인하였다.

그런데 사고가 나자 다른 차량에서 내린 놈들이 사고 차량으로 가는 것을 보았고, 놈들의 복장을 보고서야 저들이 무슨 짓을 벌이려는지 알아차린 것이다.

"형님, 제가 손을 보겠습니다."

"저 새끼가 정신이 없는 놈 같으니 잘 보내줘라."

형님이라는 자의 대답에 남자는 눈빛이 달라졌다.

죽이라는 지시였기 때문이다.

남자는 품에서 아주 잘 벼린 칼을 꺼내 손에 들었다.

"흐흐흐, 미친놈이 그냥 지나갈 것이지 죽고 싶어 환장해 주어 오늘 간만에 피 맛 좀 보겠구나."

남자는 칼을 보며 아주 기분 나쁜 말을 하며 지성에게 다가왔다.

지성은 그런 남자를 보고 속에서 열불이 나기 시작했다.

자신은 상수에게 무예를 배우면서 검술을 익히기 시작했는데 아직까지 검을 들고 누구에게도 져 본 기억이 없다.

그리고 저런 양아치 새끼에게 당하고 싶은 마음은 더욱 없는 지성이었다.

"미친 새끼들이 오늘 아주 날을 잡았으니 어디 제대로 한 번 개를 잡자!"

지성은 그렇게 소리치며 빠르게 남자를 향해 다가갔다.

지성의 손에 들린 지팡이는 박달나무로 만든 것이고 상당한 시간이 흘렀기에 그 단단함이 어지간한 쇠몽둥이보다도 더했다.

지성의 공격이 시작되자 남자는 진짜 미친놈이라는 생각이 들었는지 자신도 바로 공격하려고 하였다.

그런데 칼이 몽둥이와 접촉하니 요상한 소리가 나는 것이 아닌가?

챙챙!

퍼걱!

"커헉!"

지성은 놈이 하는 공격을 간단하게 막고는 바로 놈의 어깨를 가격하였다.

지성의 지팡이에는 모든 힘이 담겨 있었기에 순식간에 어깨가 부서지는 소리가 났다.

하지만 지성은 멈출 생각이 없었기에 놈의 머리를 사정없이 때려주었다.

빠각!

"캑!"

남자는 지성의 일격에 그대로 쓰러져 버렸다.

그리고 얼마 안 있어 나머지 인원들에 대해서도 지성은 간단히 제압을 해버렸다.

박 조장은 뜻하지 않은 행운으로 지성을 만나 지성이 놈들을 상대하는 것을 보게 되었고, 지성 덕분에 병원에도 수월히 갈 수 있었다.

박 조장은 놈들을 모두 잡았지만 경찰에 넘긴다고 해서 해결될 일이 아니라는 것을 알기에 회사에 우선 전화하여 사장과 통화를 하였다.

이후 회사에서 찾아온 인물들이 놈들을 데려갔고, 박 조장은 무사히 병원에 입원할 수 있었다.

덕분에 지성과는 많은 대화를 나눌 수가 있었고, 지성에 대해 많은 것을 알게 되었다.

"자네 우리 회사에 취직할 생각은 없는가?"

"저는 지금 복장은 이래도 직장인입니다. 그러니 그런 소리 하지 마세요."

"그런가? 자네 정도의 실력이면 상당히 대접해 줄 용의가 있는데 말이지."

박 조장의 그 대답에 지성의 눈빛이 빛났다.

"저기 그러면 말입니다."

"응?"

"제 친구 놈 하나 만나보시는 거 어떠세요? 지금의 저로 키우다시피 한 녀석이 있는데."

"응? 자네를 키운 친구가 있다고?"

"예, 사실 아까 싸움에서 보였던 모든 걸 그 녀석에게 배웠거든요."

지성은 어린 시절 자신들이 영웅으로 생각하는 한 친구에게 지금의 검술을 배웠다고 이야기해 주었다.

그러니 상수에 대한 이야기가 아주 자연스럽게 나오게 되었고, 박 조장은 그의 이야기에 무슨 영화 속의 한 장면을 보는 것 같은 기분이 들었다.

한참 동안 이야기를 들은 박 조장은 지성을 보았고, 지성이 지금 거짓이 아닌 진실만을 이야기하였다는 느낌을 본능적으로 느낄 수가 있었다.

'만약에 그런 친구가 있다면 정말 괜찮겠어. 그런데 거짓말은 아닌 것 같은데 그렇게 믿음이 가지는 않으니 문제네.'

박 조장은 지성의 실력이 상당하다는 것은 인정하지만 그렇다고 엄청난 실력자는 아니었다.

지성이 강자이기는 했지만 그보다 강한 사람은 많기 때문이다.

박 조장의 실력과 비슷한 정도였기에 드는 생각이다.

그리고 소개하는 지성의 눈빛을 보고는 언젠가 한번 만나봐야겠다는 생각을 가지게 되었고, 그 후로 이 년이라는 시간이 지나고 상수가 입사하게 된 것이다.

*　　　*　　　*

태어나서 처음으로 비행기를 타는 상수는 창가에 앉게 되었다.

'내가 비행기를 탄단 말이지.'

상수는 처음으로 비행기를 탔다.

솔직히 창가에서 모든 것을 바라보며 하나하나 신기할 따름이었다.

상수의 옆자리에는 같은 경비 일을 하는 사람이 앉았는데, 상수가 창만 보고 있으니 말을 붙이지 못하고 있었다.

그때 음료수를 주겠다는 소리가 들렸다.

"어떤 것으로 드릴까요?"

남자는 상수가 아직도 창을 보고 있는 것을 보고는 상수의 어깨를 툭 쳤다.

"음료수는 뭐로 마실 거요?"

상수는 갑자기 어깨를 치는 바람에 고개를 돌렸는데 음료수는 마시라고 하자 자신도 모르게 대답하였다.

"저는 사이다로 주세요."

"나도 같은 것으로 주시오."

두 남자가 사이다를 달라고 하자 스튜어디스는 입가에 부드러운 미소를 짓고는 사이다를 따라주었다.

상수가 사이다를 마시는 것을 확인한 남자는 천천히 상수를 보며 입을 열었다.

"우리 인사나 하고 지냅시다. 나는 강창호라고 하오."

"아, 저는 정상수라고 합니다."

상수는 엉겁결에 인사를 했다.

사실 옆자리에 동료가 타고 있는 것도 인지하지 못하고 있을 정도로 상수는 하늘을 보며 다른 생각에 빠져 있었다.

강창호는 상수가 인사를 하면서 아직도 얼떨떨해 보이는

얼굴을 하고 있어서 어이가 없다는 표정이다.

자신이 먼저 인사를 하자고 했는데 상대의 표정이 이상해서였다.

마치 하기 싫은 인사를 하고 있는 것처럼 느껴졌기 때문이다.

"나와 인사를 하는 것이 싫소?"

상수는 지금 상대가 무언가 오해를 하고 있다는 생각이 들자 빠르게 표정을 바꾸었다.

"아, 아닙니다. 제가 다른 생각을 하고 있는 중이라 그랬습니다. 그렇게 생각하였다면 사과드리겠습니다."

상수가 오해라며 정중하게 사과하자 남자는 인상이 풀렸다.

"사과를 하시니 받아들이겠습니다. 그런데 상대가 인사를 할 때 서로 오해할 수도 있으니 조금은 조심해야겠습니다."

남자는 진심으로 상수를 생각해서 하는 말이었다.

상수의 얼굴을 보니 사과하는 것이 진심이라는 생각이 들어 알려준 것이다.

남자도 그렇고 무술을 익힌 사람들은 조금 다혈질인 사람이 많은 편이다.

그렇다 보니 약간의 실수로 인해 다투는 경우가 왕왕 있다.

이번 업무에선 서로 모르는 이들끼리 모여 업무를 봐야 하는 상황이었다.

모르는 이들과 경쟁하듯 실력을 펼쳐야 하는 업무다.

사내가 보기엔 상수는 이번 업무에서 그다지 좋은 평가가 나올 것 같지 않고 왠지 못 미덥게 보였다.

더군다나 자신의 눈으로 보기에 상수는 그리 높은 실력을 가지고 있는 것 같아 보이지 않기에 제 딴에는 충고한다는 의미로 말을 건넨 것이다.

실수하여 행여 다치지 말라는 뜻이었다.

상수도 남자의 말에 고개를 끄덕이며 고맙다고 대답해 주었다.

"고맙습니다. 제가 아직 사회생활이 부족해서 그렇습니다."

상대가 충고를 해주기에 상수는 나쁘지 않게 생각하고 받아들였다.

"그렇게 생각한다니 다행입니다. 그런데 여기는 언제 입사한 거요?"

"얼마 되지 않았습니다. 이제 두 달이 되어갑니다."

"흠, 그런데 이번에 제주도로 파견 나가는 것을 보니 실력이 상당한 모양입니다."

남자는 누리에 대해 많은 것을 알고 있는지 상수가 두 달이 되었다고 하자 바로 눈빛이 달라졌다.

상수는 사실 누리에 대해서 알지도 못하지만 상대의 말투에서 자신을 견제한다는 생각이 들어 뭔가 자신이 실수하진 않았나 떠올려 보았다.

'저 사람이 갑자기 나를 견제하는 눈빛을 하는 것을 보니 내가 말을 잘못한 건가?

주식회사 누리.

이 업체는 첨단 산업을 표방하며 특허를 주로 취득하는 것을 주안점으로 삼는 기업이었다.

그렇다 보니 항상 산업 스파이 때문에 문제가 생기곤 했는데, 그러한 문제를 방지하기 위하여 경비팀에 대한 투자가 활발히 이루어지고 있었다.

그래서 누리에 근무하는 경비들의 실력에 따라 급여가 달라지는 시스템을 고안하였는데, 이는 달리 말해 상대가 동료이자 경쟁 상대란 의미였다.

그래서 지금과 같은 반응을 보이는 것이지만 상수는 그런 사실을 모르기 때문에 자신이 무언가 실수를 하였다고만 생각한 것이다.

남자는 상수의 눈빛이 의문스러운 것을 보고는 상대가 아직 누리에 대해 잘 모르고 있다는 사실을 눈치챘다.

"우리 회사에 대해서 잘 모르는 것 같은데, 안 그렇소?"

남자는 직설적으로 질문했다.

"예, 들은 이야기도 없습니다. 그래서 잘 모르고 있습니다."

상수는 박 조장이 아무런 설명도 하지 않았기에 아는 것이 없었다.

남자는 상수가 그렇다고 하자 눈빛이 조금은 차분하게 변했다.

"휴우, 내가 이야기해 줄 테니 잘 들으세요."

그러면서 남자는 누리에 대한 이야기를 하기 시작했다.

아직 착륙하려면 시간이 남아 있었기 때문에 상수는 남자가 하는 이야기를 들으면서 누리에 대해 자세히 알 수 있게 되었다.

결론을 이야기하자면, 누리는 일 년에 한 번씩 경비 중에 가장 실력 있는 사람들을 뽑았고, 그 대상자는 상당한 보상을 받고 있다는 게 그 요지였다.

그런 대상자가 되려면 그만한 실력을 가지고 있어야 하지만 그러는 게 쉬운 일도 아니어서 다른 경비들은 대상자가 있다는 사실도 모르고 있을 정도였다.

누리에 근무하는 경비는 오백여 명 되는데 그중 오십 명 정도가 그 대상자에 해당하며, 그에 대한 사실은 기밀로 상수와 같이 제주도로 가는 사람들이 바로 그 대상자에 해당한다는 이야기였다.

남자는 상수가 제주도에 도착하면 알게 될 이야기이기 때문에 자신이 알려주는 것이지만, 남들에게는 절대 비밀로 해달라는 말을 덧붙였다.

"감사합니다. 미리 알려주셔서 저에게는 많은 도움이 되었습니다, 강창호 씨."

"나이가 어떻게 되오?"

창호는 상수를 보며 나이를 물었다.

"올해 스물아홉 살입니다."

"나하고 두 살 차이네요. 나는 서른한 살이오."

사회생활을 하다 보면 두 살 정도는 친구로 지내는 경우도 많았기에 상수도 창호를 보며 웃으면 대답해 주었다.

"그렇군요. 아무튼 저에게는 도움이 되었으니 다음에 기회가 되면 술이라도 한잔 사겠습니다."

"그렇게 해주면 나야 고맙지요. 이제 서로 알게 되었으니 우리 친하게 지내봅시다."

강창호는 이렇게 만난 것도 인연이라는 생각에 상수와 친하게 지내자고 하였다.

아직은 서로에 대해 모르지만 시간이 지나면 친해질 수도 있다는 생각이 들어서였다.

"저야 환영합니다."

두 사람이 그렇게 대화하는 동안 비행기는 어느새 제주공

항의 하늘 위를 날고 있었다.

제주도에 도착하자 바로 주차장으로 갔는데 그곳에는 이미 회사 차량이 대기하고 있었다.

오늘은 상수와 창호만 오는 것인지 두 사람 외에는 아무도 없었다.

창호와 상수는 회사 차를 이용하여 목적지까지 갈 수 있었다.

목적지인 연구소에 도착하니 상당한 크기의 건물들이 있었고, 주변을 보니 상당한 인원이 경계를 서고 있다는 걸 눈으로 보고 느낄 수가 있었다.

무슨 국가의 기밀을 처리하는 곳도 아닌데 이런 정도의 경비라니 아주 중요한 일이 이곳에 있는 듯했다.

'아니, 무슨 회사가 저렇게 철통같은 경비를 하는 거지? 도대체 누리가 어떤 회사야?'

상수는 누리에 대한 생각을 다시 하게 되었다.

자신은 그냥 경비만 서면 되는 것으로 알고 취직했는데, 지금 눈으로 보니 그런 정도가 아니라는 것을 느낄 수가 있었다.

상수와 창호는 안내를 받아 경비들이 묵는 숙소로 이동하였다.

숙소에 도착하자 안내를 하였던 남자는 두 사람을 보고 간단하게 이야기해 주었다.

"내일까지는 자유시간이니 그냥 편하게 지내시고 모레는 신고식이 있으니 그렇게 아세요."

남자는 그렇게 말해주고는 나갔다.

상수는 갑자기 신고식이 있다는 소리에 무슨 뜻인지를 몰라 했다.

창호는 그런 상수를 보고는 웃으면서 설명해 주었다.

"여기는 새롭게 오게 되면 신고식을 하는 것이 전통입니다. 신고식이라는 것은 다른 것이 아니라 기존의 경비들과 대련하는 것이니 걱정하지 않아도 됩니다."

창호의 설명에 상수는 신고식이 무엇인지를 알게 되었다.

하지만 경비를 보는 사람들에게 무슨 대련을 하라고 하는지 상수는 이해하기가 어려웠다.

"아니, 경비를 보면서 무슨 대련을 하라는 거지요? 그냥 업무만 보는 것이 아니었나요?"

"이런, 정말 우리 회사에 대해서 아는 것이 없는 모양이군. 여기는 다른 나라의 스파이들과 다투게 되는 경우를 대비하여 실력 있는 사람들을 뽑아서 근무하는 곳이고, 한 달에 한 번은 서로 간의 실력을 확인하기 위해 대련을 하오."

창호는 상수가 아직도 이해를 하지 못하고 있자 아주 자세하게 설명해 주었다.

상수는 창호의 설명을 들으니 조금은 이해가 되었다.

비행기에서 한 이야기로는 모두를 이해하기가 쉽지 않았기 때문이다.

그때는 지금처럼 자세한 내용이 아니라 단편적인 내용이었기에 그냥 그렇구나 하고 생각하였는데 막상 도착하니 상황이 달랐기에 지금의 설명은 그런 상수에게는 많은 도움이 되었다.

"그러니까 결국 실력이 있어야 여기에 근무할 수가 있다는 이야기이네요."

"그렇지요. 여기는 아무나 오는 곳이 아니라 실력이 있는 사람만 올 수 있는 곳이지요. 우리는 지금 그런 곳에 와 있는 거고요."

상수는 창호의 설명에 지금 자신이 어디에 와 있는지를 확실하게 인지할 수가 있었다.

'결국 실력이 있으니 여기로 가라고 기회를 주신 거군. 실력이 있으면 그만큼 많은 대우를 해준다고 하니 어쩌면 나에게는 여기가 더 좋을 수도 있겠다.'

상수는 자신의 실력이 어느 정도인지는 모르지만 부족하다고는 생각지 않았다.

그런 자신이기에 이런 곳은 오히려 도움이 되는 장소라는 생각이 들었다.

상수의 이 판단으로 앞으로 얼마나 많은 험한 일을 당하게 될지도 모르면서 말이다.

누리는 한국 기업이기는 하지만 다른 나라에도 연구소를 두고 있고, 해외로 파견을 보내는 경우도 많았다.

국내에 비하여 치안이 어려운 곳에 존재하는 연구소가 제법 되다 보니 경비팀에 요구하는 정도는 결코 단순하지 않았다.

파키스탄 등과 같은 위험 지역에 해외 연구소가 있기에 분쟁에 휘말려 사망하는 사례가 존재하는, 그런 회사인 것이다.

그만큼 주식회사 누리의 경비팀은 단순한 경비직이 아니었다.

그렇지만 회사는 실력이 있는 이들에게는 그만한 대우를 해주고 있었는데, 당사자들도 매우 만족할 만한 대우였기에 다른 말이 나오지 않았다.

상수는 아직 박 조장이 자세한 이야기를 해주지 않아서 몰랐지만 박 조장은 제주도로 상수를 보낸 이유가 바로 실력으로 인정을 받으라는 뜻이었다.

상수를 믿기 때문이었다.

제7장 혈도를 타통하다

UNION BANK

　상수는 제주도에 도착하여 경비들이 따로 수련하는 곳으로 안내 받았다.

　그 안은 상수가 매우 만족할 만큼 좋은 설비를 갖추고 있었다.

　"이런 장소라면 수련하는 데 지장이 없겠네. 정말 좋구만."

　상수는 진심으로 감탄하고 있었다.

　수련을 위한 모든 시설이 이곳에 준비되어 있었기 때문이다.

상수는 수련실에서 몸을 풀면서 시간을 보내고 있었다.

내일부터 대련을 시작한다 하니 적당하게 몸을 풀어주어야겠다는 생각이 들었다.

한편, 상수가 몸을 풀고 있을 때 창호는 그런 상수의 움직임을 보며 궁금증을 감추지 못하고 있었다.

'도대체 익히고 있는 것이 무엇일까? 저렇게 움직이는 무술은 없는 것으로 아는데 말이야.'

창호도 많은 무술을 알고 있고 관심이 많다.

경호학과 출신인 창호는 각종 무술을 익힌 나름의 엘리트기도 하다 보니, 상수의 동작들을 보며 어떤 무술인지 알아내려 애쓰고 있었다.

어쨌거나 상수는 천천히 몸을 풀면서 유연하게 만들어주고 있었다.

상수의 움직임은 마치 물이 흐르는 것처럼 아주 자연스러웠는데, 이는 마치 태극권과 같은 부드러움을 보여주고 있었다.

상수는 그렇게 한참을 몸을 풀어주었고, 시간이 지나자 본격적인 수련을 시작했다.

한참 동안 상수의 수련을 지켜보던 창호고 얼마 안 있어 생각을 접고는 자신의 수련에 집중하기 시작했다.

두 사람은 서로에 대한 신경을 끄고 수련에만 열중하였고,

그 열기는 수련관을 달아오르게 했다.

시간이 되자 상수는 수련을 멈추고 땀을 씻기 위해 욕실로 갔다.

시원하게 샤워를 하고 나오니 수련관에 함께 있던 창호는 이미 모습을 감춘 이후였다.

이제 내일이면 실력을 평가하는 대련이 있다고 하였기에 마음을 차분하게 하기 위해 운기하며 보낼 생각으로 방으로 돌아오는 상수였다.

숙소로 돌아온 상수는 자신의 침대에 가부좌를 틀고 앉아 운기를 시작했다.

운기를 다시 시작한 지도 어느새 두 달 가까이 지났다.

그동안 운기를 할 때면 머리가 맑아지는 느낌이나 몸이 개운해지는 느낌을 받았지만, 오늘은 어딘가 느낌이 달랐다.

'응? 이게 뭐지?'

상수는 몸속에서 이상한 기운이 느껴졌기에 신경이 아주 예민해지고 있었다.

예전에는 느끼지 못한 이상한 기운을 상수가 느끼기 시작한 것이다.

그 기운은 상수가 운기하는 흐름에 맞추어 돌아다니는 '붉은' 느낌의 기운이었고, 꽤나 강렬한 힘이 느껴졌다.

하지만 기운은 각 혈도에 도달하면서 엄청난 고통을 주었다.

'윽! 괴, 괴로워!'

상수는 아직 운기에 대한 지식이 부족하였고, 운기를 하면 항상 맑은 정신을 유지되는 게 좋아 꾸준히 행해왔다.

하지만 지금처럼 고통이 찾아오기는 처음 있는 일이라 당황할 수밖에 없었다.

상수는 고통을 참으며 운기를 멈추려고 하였지만 몸속의 기운은 그런 상수의 뜻대로 움직여 주지를 않았다.

그리고 어느 순간,

퍽!

'커헉!'

소리를 내며 막혀 있는 듯한 혈도를 뚫으며 기운들이 돌기 시작했다.

그리고 혈도가 타통될 때마다 상수는 고통스러움과 시원함을 동시에 느꼈다.

그제야 상수는 예전 스승이자 할아버지가 해준 이야기가 떠올릴 수 있었다.

"상수야, 운기란 말이다. 믿기지 않는 이야기겠지만, 내기라는 놈의 흐름이다. 기란 말이다, 기. 어차피 기가 사라진 세상이니 믿기지 않는 이야기지만, 내 스승님 때까지만 하더라도 기가 혈도를 타통하며 몸의 기운을 살리는 경우가 많았다고 하더라. 만약에 막힌 것이 뚫리는 기운이 든다면 절대 멈추지 말고. 그때가 진짜 무인이 될 기회란 말이다, 기회."

할아버지의 말이 생각나자 상수는 더 이상 고통만 생각할 수가 없었다.

'그래, 지금이 나에게는 기회일 수도 있다. 고통을 참으니 시원한 느낌이 든다. 할아버지의 말이 맞는 것 같으니 이 참에 아파도 참고 해보자.'

상수는 기운을 각 혈도로 인도하기 시작했고, 기운의 힘은 막혀 있는 상수의 혈도를 뚫으려 움직이기 시작했다.

상수가 본격적으로 운기를 하면서 혈도를 뚫기 시작하자 상수의 몸에서는 붉은 기운이 마치 구름처럼 나타나기 시작했다.

혈무는 상수의 온몸을 덮었고, 상수의 피부를 자극하며 더욱 단단하게 만들어주고 있었다.

이 혈무는 어느 순간부터인가 상수의 꿈에 나타났던 짐승의 형상을 띠며 감싸고 돌았다.

혈무가 그런 움직임을 보이는 것을 모르는 상수는 지금 비지땀을 흘리며 혈도를 뚫기 위해 사력을 다하고 있었다.

퍽! 퍽! 퍽!

상수의 노력으로 인해 막혀 있던 혈도가 하나하나 뚫려 나갔고, 그로 인해 상수는 엄청난 고통과 쾌감을 동시에 느끼는 중이다.

그렇게 얼마의 시간이 지나자 상수의 몸속에 있는 힘이 서서히 약해졌고, 상수는 마침내 멈출 수가 있게 되었다.

"헉헉, 기분은 좋은데 정말 죽을 맛이야. 하지만 정말 시도할 가치가… 있겠어."

상수는 그렇게 생각을 정리하고는 일어섰다.

그런데 상수는 갑자기 코를 찌르는 퀴퀴한 냄새 때문에 주변을 살피게 되었다.

"윽! 이게 무슨 냄새야?"

마치 음식이 썩는 냄새가 나 상수는 빠르게 창문을 열었다.

그러고는 자신의 몸에서 그런 냄새가 나고 있다는 사실을 알고는 빠르게 옷을 챙겨 욕실로 향했다.

그런 상수의 움직임이 전과는 다르게 엄청난 빠르다는 사실을 상수는 인지하지 못하고 있었다.

다시 몸을 씻은 상수는 옷을 갈아입고는 입고 있던 옷은 검게 물든 채 지독한 악취로 물들어 더 이상 가지고 있을 엄두조차 나지 않았다.

"아, 아까운 내 옷."

상수는 옷을 버리면서 아깝다는 생각이 들었다.

가난한 생활이 몸에 배어서인지 상수는 상당히 짠돌이라는 별명이 생길 정도로 악착같이 돈을 아끼고 살았다.

물론 생활비를 아끼는 것이지, 써야 할 곳에도 아끼는 바보 같은 남자는 아니었다.

방은 아직 냄새가 빠져나가지 않아 썩은 냄새가 진동했다.

"아유, 냄새 때문에 방에는 도저히 있지 못하겠다. 우선은 나가자."

상수는 문을 모두 열어놓고 나갔다.

복도의 창문도 열어두었는데 이는 상수가 방문을 열어두었기 때문이다.

그리고 그 악취는 한참의 시간이 지날 동안 빠질 생각을 하지 않았다.

상수는 회사 숙소를 나와 간단하게 식사할 곳을 찾았다.

밖은 제법 어둑해져 있었다.

숙소의 주변은 제법 발전된 터라 식당과 술집들이 제법 많았다.

상수는 혼자 술을 마시기가 뭣해 여기 오면서 알게 된 창호에게 전화를 걸었다.

"여보세요?"

"정상수입니다. 수련을 마치고 보이지 않아 먼저 씻고 밖으로 나왔는데 술이 생각나서 연락드렸습니다."

"하하하, 나도 술 생각이 났는데, 거기 어디요?"

"회사의 정문을 나오시면 눈에 보이는 집인데 우선 나오세요. 아직 저도 들어가지 않았으니 말입니다."

상수의 말에 창호는 바로 나오겠다고 했다.

창호를 기다리고 있는데 갑자기 핸드폰이 울렸다.

"미애?"

"오빠, 어디예요? 연락도 주지 않고 정말 너무한 것 아니에요?"

미애는 상수와 하룻밤을 보내고 상수가 연락해 주기를 기다렸지만 연락이 없자 화가 나서 자신이 먼저 연락한 것이다.

미애는 상수와 밤을 보내면서 절대 놓치지 않겠다고 생각했지만 상수는 미애와는 다른 생각이었다.

상수는 그냥 편하게 하룻밤을 보낸 여자로 생각을 하고 있었기에 먼저 연락하지 않은 것이다.

"연락하지 못해 미안한데, 나 지금 제주도에 출장 와 있다. 일이 바빠서 연락하지 못했고 서울로 가면 연락할게, 미애야."

상수는 미애가 자신에게 연락할 것이라고 생각을 못했기에 우선은 미안하다고 하며 달래주었다.

“오빠, 지금 제주도라고요?”

“응, 회사 일 때문에 파견 나온 거야. 여기서 일 마치면 다시 돌아갈 거야.”

상수의 대답에 미애는 정말 일이 바빠 그런 것으로 오해를 하였다.

“미안해요. 나는 오빠가 그렇게 바쁜지 몰랐어요. 그러면 나중에 오게 되면 연락 주세요.”

“그래, 미안해, 미애야.”

그렇게 미애와 통화를 마치는 순간 연달아 전화가 왔는데 이번에는 미영이었다.

“미영 씨, 이제 퇴근하시는 건가요?”

“흥, 상수 씨는 이제 커플인데 문자 하나 전화 한 통 먼저 못해요?”

“미안해요. 여기 숙소 내에서 휴대폰 사용이 금지되어 있어서 연락하고 싶어도 할 수가 없었어요.”

상수는 자연스럽게 거짓말을 했다.

경비는 중요한 곳에 있을 때는 핸드폰을 휴대하지 못하게 한다는 사실을 알았기에 미영에게 그렇게 거짓말한 것이다.

미영도 연구원으로 있어서 그런 사실을 알기에 상수의 대답에 속아 넘어갔다.

“지금은 마친 거예요?”

"예, 옷 갈아입는 중에 전화가 오네요. 미영 씨."

상수의 거짓말은 완전히 수준이 달라지고 있었다.

사기도 급수가 있고 단수가 있다는 이야기가 생각나는 장면이다.

"아, 그러면 나중에 다시 통화해요."

미영은 옷을 갈아입고 있는 중에 전화를 했다는 소리에 바로 전화를 끊으려고 하였다.

상수는 미영이 전화를 끊기 전에 빠르게 말하였다.

"저기 미영 씨, 오늘 제가 신입 환영식에 가야 하기 때문에 바로 통화는 힘들 것 같아요. 그러니 마치고 전화 드릴게요."

상수의 말에 미영은 이해가 가는 말이었기에 웃으면서 대답했다.

"호호호, 알았어요. 그러면 마치고 전화줘요. 알았죠?"

"그럼요. 당근 드려야지요. 나중에 통화해요. 미영 씨."

이렇게 말을 잘하는 상수에게 여친이 없었다는 사실이 믿어지지 않을 정도다.

어쨌거나 상수가 미영과 통화를 마치고 나자 정문을 나오고 있는 창호를 볼 수가 있었다.

상수는 창호가 보이자 바로 손을 흔들었다.

"여기요."

창호는 상수가 손을 흔드는 모습을 보며 밝게 웃었다.

저렇게 손을 흔들며 자신이 있는 위치를 알려주는 것을 참
으로 오랜만에 보았기 때문이다,

창호은 오랜만에 관심이 가는 사람을 만났다는 것에 아주
기분이 좋았다.

"저 사람을 만나면 이상하게 신경이 가고 마음이 편해지네."

창호는 혼자 그렇게 중얼거리며 상수가 있는 곳으로 갔다.

상수는 창호가 오자마자 바로 물었다.

"소주로 할래요, 아니면 맥주로 할래요?"

"그냥 소맥으로 갑시다."

"오케이! 저도 그러고 싶었습니다."

둘이는 그렇게 호프집으로 향했다.

그렇게 호프집에 들어선 두 사람은 한참 동안 술만 들이켤
뿐 말을 하지 않았다.

어느 정도 술이 들어가고 나서야 창호가 먼저 입을 열었다.

"상수 씨는 여기에 어떻게 오게 되었습니까?"

"저는 박 조장님이 가라고 해서 온 겁니다. 사실 누리에 대
해 사실 제가 알고 있는 지식이 많지 않아요. 그냥 단순하게
경비를 보면 된다고 하여 오게 된 거지요.대련도 창호 씨가
아니면 몰랐을 거고요."

상수의 대답에 창호는 솔직히 어이가 없었다.

저렇게 아무것도 모르고 입사하는 사람도 있다는 사실을 오늘 처음 알게 되었기 때문이다.

"그렇게 말하니 할 말이 없네요. 우리 경비팀 중에 이렇게 아무것도 모르고 입사한 분이 있다는 사실을 오늘 처음 알게 되었고 말이죠."

창호의 대답에 상수는 조금은 머쓱한 표정을 짓고 말았다.

자신이 한 이야기는 모두 사실이었기에 더 이상 다른 말을 해도 변명밖에는 되지 않을 것 같았다.

"사실 제가 누리에 입사하게 된 동기는 친구의 소개 때문입니다. 제 친구가 박 조장님과 친분이 있어서 소개해 주었고, 저는 그냥 박 조장님께서 승인이 나서 ○○단지에서 근무하다가 이번에 그대로 제주도로 끌려왔고요."

상수의 설명을 듣고 나서야 창호는 자신이 무언가 오해하였다는 생각이 들었다.

실질적으로 누리에 근무하는 경비 중 상수와 같은 사람들도 있기는 하다.

하지만 상수가 보여준 실력은 경비팀 내에서도 경호팀으로 파견을 나가게 되는 일류에 속하는 수준이라 창호 자신이 오해했다는 걸 깨달았다.

"아, 내가 오해를 한 것 같네요. 나는 상수 씨도 누리에 입사해서 경비 업무에 대한 총괄적인 것을 알고 계실 거라 생각했습니다. 비행기에서 설명할 때도 솔직히 거짓말이라고 생각했으니 말입니다. 그 점에 대해서는 미안하게 생각합니다."

창호는 상수에게 정중하게 자신의 잘못을 인정하고 사과했다.

상수는 창호가 사과하기에 조금은 놀란 얼굴로 창호를 보았다.

"아, 아니, 저는 그런 사과를 받자고 한 이야기가 아닌데요."

상수가 조금은 떨떠름한 표정이 되자 창호는 상수가 생각보다 참 순진하다는 느낌을 받았다.

"하하하, 그냥 성격인 거니까 너무 이상하게 생각지 마세요."

"그렇군요. 아무튼 오해가 풀렸다니 다행입니다."

상수의 대답에 창호는 문득 무언가 생각난 것이 있는지 상수를 보았다.

"그럼 내일 대련에 대해서 어떻게 생각하세요?"

말은 그렇게 했지만 창호의 입장에선 상수의 실력은 수준급 이상에 속했다.

그렇다 보니 내일 있을 경비팀의 실력 평가 대련에 대해 어떻게 생각할지 궁금한 창호였다.

“저는 평소 실력으로 하려고 합니다. 저보다 실력이 좋은 분들이 있겠지만 사실 여기에 오게 된 이유도 강자들이 모였다고 해서 온 겁니다. 저는 그런 강한 분들과 대련해 보고 싶었습니다.”

상수는 강자라는 말을 하며 눈빛이 빛나고 있다.

그 눈빛에는 호승심이 불타고 있었기에 창호는 상수의 말이 금방 이해가 되었다.

자신도 저런 상황을 경험해 보았기 때문이다.

“처음에는 모두 그렇게 생각하고 대련하지만 시간이 지나면 조금씩 달라지지요. 돈이 개입되면서 말입니다.”

창호는 자신도 그런 사람 중에 한 명이었기에 말을 하면서도 마음은 그리 좋지 않았다.

금전에 결국 굴복하였다는 생각이 들어서였다.

“저는… 어린 시절부터 동네 할아버지에게 무예를 배웠습니다. 할아버지가 돌아가시고 나서는 혼자 수련을 하였지만 솔직히 아직도 제가 얼마나 강해졌는지를 알 수 없습니다. 지금 생각해 보면 그게 한몫한 거 같아요. 게다가 어릴 때는 정의를 위해서 주먹을 휘둘렀던 거 같은데, 이제는 먹고사는 게 그보다 앞서네요. 그 결과가 이 일을 하고 있는 거고요.”

상수의 대답에 창호는 다시 눈빛이 달라지고 있었다.

실질적으로 먹고살려고 여기에 근무하고 있는 것이 사실

이기 때문이다.

더욱 실력이 강해지면 그만큼 대우를 받는 것이니 이는 나쁘지 않은 방법이기도 했고 창호 자신도 인정했다.

하지만 한편으로는 자신의 무술을 팔고 있다는 생각을 지우지 못하고 있었는데, 그러나 상수의 말은 그런 자신의 부담을 한결 풀어주는 느낌이기도 했다.

"상수 씨가 그렇게 말을 해주니 조금은 기분이 풀리네요. 하하하!"

두 사람은 그렇게 대화를 하면서 즐겁게 술을 마셨다.

시간이 되어 둘은 숙소로 이동하였다.

내일은 대련하는 날이니 술은 적당한 게 좋다.

상수는 자신의 숙소로 가니 아직도 문이 열려 있는 것을 보고는 아무도 오지 않았다는 것을 알 수 있었다.

"하기는 여기에 누가 오겠어. 안에 아무것도 없는데 말이야."

상수의 숙소에는 그렇게 중요한 물건은 없었고, 가지고 갈 물건이라고 해야 옷가지뿐이었기에 문을 잠그지 않았던 것이다.

방 안으로 들어간 상수는 조용히 운기를 시작했다.

술을 마시면 다음 날 속이 불편한데 운기를 하고 자면 그렇

지 않았기 때문에 이제는 습관적으로 행하는 버릇이 되어 있
었다.

그런데 순간, 운기를 하다가 상수가 깜짝 놀랐다.

'헉! 이거 뭐야?'

전과는 다르게 운기를 시작하니 상수의 몸에서 새롭게 생
긴 기운이 힘차게 혈도를 따라 돌기 시작한 것이다.

그리고 상수는 강한 기운의 끌림에 따라 자신도 모르게 그
것에 빠져들었다.

제8장 실력을 보이다

UNION BANK

상수는 운기를 하고 나서는 자신의 기운을 외부에 발출하는 일종의 발경을 사용할 수가 있게 되었음을 깨닫게 되었다.

이는 무예비록에 나와 있는 방법으로 운기하면서 절로 배우게 된 것이다.

하지만 내기를 사용하면 상대가 엄청난 부상을 입게 되니 상수는 이를 자제해야겠다고 생각하였다.

현대의 무인 중 내기를 사용하는 무인이 있다는 이야기를 들은 적이 없기 때문이기도 했다.

물론 직접 무인들을 만나지 못하긴 했지만, 어디에서도 기를 쓰는 무인에 대한 이야기가 나오지 않는다는 건 이를 반증한다 여기는 상수다.

"내기를 사용하게 되었으니 보법에 내기를 이용하면 발전이 있지 않을까?"

상수는 그렇게 생각하고는 바로 방에서 혼자 보법을 내기를 사용해 보았는데 이건 실로 놀라운 발견이었다.

전에는 그냥 빠르게 움직이는 것으로만 보였는데 지금은 마치 환상적인 움직임을 보여주었기 때문이다.

상수는 내기가 왜 무서운 것인지를 몸으로 느낄 수가 있었다.

발경의 단계에 도달하면 사람을 상처 없이 죽일 수가 있다는 말을 믿게 된 상수였다.

"내기는 정말 무서운 기운이네. 잘못하다가는 사람을 죽일 수도 있겠어."

아직 내기를 이용하여 얼마나 강한 타격을 주는지를 확인하지 못했지만, 보법만 보아도 내기가 얼마나 무서운 것인지 느껴졌다.

상수는 내기를 사용하게 되면서 그에 빠져 밤이 새도록 내기를 이용하여 여러 가지를 사용해 보았고, 비록 하룻밤이지만 어느 정도는 내기를 다스릴 수가 있게 되었다.

밤새도록 고생은 했지만, 덕분에 이제는 내기를 어느 정도를 사용해야 좋을지를 대강 감을 잡은 상태였다.

"남들이 이야기하는 일 년의 내기가 얼마나 되는지는 모르지만, 지금 내가 가지고 있는 내기만 해도 엄청난 것 같은데 도대체 그런 것을 어떻게 측정하는 것일까?"

상수는 아직 내기의 양을 모르기 때문에 궁금했다.

하지만 자신에게 그런 것을 알려줄 사람이 과연 있을지 알 수 없어 결국 혼자 수련하는 수밖에는 없었다.

아침이 되자 상수는 다시 운기를 시작하였다.

운기를 하면 피로가 사라지고 몸에 활력이 생기기 때문이다.

제주도의 경비원들이 모여 하는 대련에는 많은 사람들이 모였는데 대부분이 경비가 아닌 회사 간부들이었다.

오늘 모이는 경비는 오십여 명이었고, 심사를 하는 간부들도 비슷한 수였다.

대련하는 장소는 수련실이 아닌 실내 체육관이었는데, 많은 사람을 수용할 수 있는 크기였다.

상수도 창호와 함께 체육관에 나와 있었다.

창호는 이런 일을 경험하였기 때문인지 그저 담담한 얼굴을 하고 있었지만, 상수는 그렇지가 못했다.

상수의 눈은 수시로 사방을 살피고 있었는데, 주변에 모여 있는 이들이 날고뛰는 사람들이라는 이야기를 들었기 때문이다.

그런 사람들을 보니 절로 호승심이 생겼다.

'저 사람들과 나의 실력을 비교하려면 내기를 사용하지 않고 해야겠다. 그래야 나의 실력이 어느 정도인지를 확실하게 알 수 있을 거야.'

상수는 그렇게 생각하고는 내심 호흡을 크게 내쉬었다.

자신도 모르게 조금 긴장하였다는 것을 알기에 긴장을 풀기 위해 호흡을 크게 하며 몸을 풀어주었다.

창호는 그런 상수를 보며 내심 웃었다.

처음 이곳에 온 사람들이 보여주는 행동으로 상수도 남들과 다르지 않아서였다.

"오늘 모인 분들의 실력을 겨루는 대련이 있는 날이니 모두 추첨함으로 모여주시기 바랍니다."

마이크를 잡은 한 남자가 소리치자 오십여 명의 남자가 커다란 함이 있는 곳으로 모였다.

추첨함에는 파란색과 붉은색의 번호표가 있었는데 번호가 같은 다른 색의 사람과 대련하는 방식이었다.

오늘 모인 사람이 모두 오십삼 명으로, 한 명은 결국 대련하지 않고 추첨을 통해 부전승으로 올라갈 것이다.

그리고 그 행운이 누구에게 따를지는 알지 못하고 말이다.

어쨌거나 상수는 자신의 순서를 기다렸고, 순서가 되자 함에 손을 넣어 표를 집었다.

붉은색 27번이었다.

오십삼 명의 인물이 대련하는 것이기 때문에 상수가 뽑은 번호가 오늘의 행운의 번호였다.

어떻게 보면 재수가 좋은 것이지만 상수의 입장에서는 대련하지 못하는 것이 더 언짢았다.

"아니, 이 번호가 나에게 오는 이유가 뭐야?"

상수는 처음부터 부전승으로 올라가자 그리 기분이 좋지는 않았다.

자신의 실력으로 차근차근 올라가는 것을 기대하고 있었기 때문이다.

상수가 번호를 뽑자 다들 그런 상수를 부러운 시선으로 보내고 있었다.

물론 일부는 약간의 경멸이 담긴 시선을 보내고 있었지만 상수는 그런 시선에는 신경도 쓰지 않았다.

스물여섯 쌍의 인물이 대련을 시작하였고, 상수는 그 대련을 보고 있었다.

자신의 실력이 얼마나 되는지는 모르지만 구경하는 것도 많은 도움이 된다는 사실을 알기에 차분하게 대련을 지켜보기로 하였다.

대련은 삼 일 동안 진행될 예정이었다.

일 년에 한 번 하는 대련이기에 이는 절대적으로 지켜지고 있는 방식이기도 했다.

상수는 대련을 지켜보면서 솔직히 적잖은 실망을 감출 수 없었다.

일부의 사람들은 제법 실력이 있는 것 같았지만, 그 외에는 별것 없는 실력들이 태반이었던 것이다.

'저런 실력을 가지고 대우를 받는다는 말인가? 도저히 이해가 안 되네.'

상수는 이들이 그래도 상당한 실력을 가지고 있을 것이라고 예상하였는데, 실제로 보니 그리 강하지 않았고, 몸으로만 무술을 익힌 흔히 볼 수 있는 격투가 정도의 수준에 그치고 있었던 것이다.

자신의 잣대로 본 무예가를 보기보단 현 시대에서 볼 수 있는 흔한 격투가 그 이상을 보여주는 인물이 거의 존재하지 않았던 것이다.

상수 입장에서 보면 그저 일반인에 비해 나은 수준에 불과할 뿐, 그 이상도 이하도 아니었다.

상수가 저들의 실력에 대해 실망하고 있을 때 다른 대련자들이 나왔다.

그런데 두 명의 대련자는 상수가 실망한 이들과는 다른 동작을 보여주고 있어 순간 상수의 눈빛이 빛났다.

그 두 사람의 움직임에선 무인의 냄새가 났다.

'그렇지. 그렇게 하는 거야.'

상수는 이제야 제대로 된 대련을 본다는 생각에 두 사람에게 정신을 집중했다.

두 사람은 치열하게 공수를 주고받고 있었는데 한 치도 밀리지 않는 대련을 하고 있었다.

대결이 아닌 대련이기 때문에 상대에게 심한 부상을 입히지는 못하지만, 어느 정도의 타격은 허용하고 있었다.

어쨌거나 이번 대결은 상수가 보기에 특별하게 눈여겨볼 만한 수준이었고, 이들을 보면서 자신이 익히고 있는 무예에 대해 조금은 다른 생각으로 눈이 트이는 기분이 들었다.

대련을 본 덕분에 상수는 자신의 실력을 어느 정도는 감을 잡았고, 자신이 익히고 있는 무예에 대해 조금은 더 깊이 생각할 수 있게 되었다.

첫날은 그렇게 구경만 하고 말았지만, 상수에게 많은 깨달음을 주었다.

다음 날,

오늘도 전날과 같은 방식으로 표를 뽑았다.

오늘 대련할 사람은 모두 스물일곱 명이었기에 오늘도 행운의 표를 뽑는 사람이 있겠지만 상수는 그리 반갑지 않았다.

오늘 상수는 3번 파란색을 뽑았다.

상수는 담담하게 자신의 순서가 오기를 기다리며 마음을 다스리기 위해 간단하게 운기를 했다.

남들이 보면 명상을 하고 있는 것처럼 보이겠지만 실제로는 운기를 하고 있었다.

내기를 움직이면 마음이 차분해지고 머릿속이 맑아져 냉정하게 상황을 파악할 수가 있었다.

상수는 그 사실을 알고는 시간이 남으면 항상 운기를 하곤 했다.

얼마간 시간이 흐르고 난 뒤, 상수의 차례가 되었다.

대련장에 나와 자리를 잡고 선 상수는 상대를 보며 인사를 했다.

"정상수라고 합니다."

"고덕준이오."

남자는 상수보다는 연배가 있어 보이지만 어제 보니 실력은 자신보다 약했다.

하지만 대련이라는 것이 실력이 약하다고 무시할 수 있는 것이 아니기에 상수는 상대를 무시하지는 않았다.

그런 짓은 무예를 익히는 무인으로서 절대로 가져서는 안 되는 마음가짐이기 때문이다.

상수는 인사를 마치고 신중하게 상대를 살폈다.

두 사람은 서로를 살피기 위해 잠시의 시간을 가졌는데 이내 남자가 먼저 공격하였다.

남자의 발이 먼저 상수의 안면을 차기 위해 공격해 오자 상수는 남자의 발을 손으로 부드럽게 돌려 다른 곳으로 향하게 하며 손으로 상대의 가슴을 치려고 하였다.

남자는 상수가 손으로 자신의 발 공격을 돌리는 것에 놀라웠지만, 이내 손으로 가슴을 공격하자 기겁하고는 빠르게 몸을 돌려 피하려고 하였다.

하지만 상대가 피하려는 동작까지 생각하고 있는 상수였기에 가슴이 아닌 어깨에 타격을 줄 수가 있었다.

픽!

단순한 타격이었지만 힘이 실려 있어서인지 상대의 균형이 무너졌고, 상수는 바로 그런 점을 이용하여 바로 상대의 발을 공격하였다.

픽!

우당탕!

남자는 상수의 공격에 결국 넘어지고 말았다.

상수는 상대가 넘어지자 더 이상의 공격은 하지 않았다.

승부는 이미 났기 때문에 더 이상 공격할 필요가 없었기 때문이다.

“우측 승!”

판결이 났고, 상수에게 패배한 남자는 씁쓸한 표정을 지으며 체육관을 빠져나갔다.

남자는 패배하기는 했지만 부상이 없었기에 바로 움직여 천천히 걸어서 나갔다.

상수는 남자에게 조금 미안한 생각이 들었지만 그렇다고 자신이 패배하고 싶지는 않았다.

상수는 대련을 마친 후 남아 있는 대련을 구경하였고, 저들이 움직이는 동작들을 눈에 담아두었다.

남의 무예를 배우려는 것이 아니라 상대의 공격에 어떻게 반응하는지를 알고 싶어서였다.

자신이 알고 있는 동작과 비슷한 동작을 할 때는 저렇게 하면 좋겠구나 하며 나름 자신의 무예를 더욱 갈고닦는 중이다.

상수는 대련하는 동안 많은 것을 보고 배울 수가 있었고, 덕분에 실력이 한층 더 발전할 수 있었다.

마지막 대련은 상수와 중년의 남자였는데, 중년의 남자는 얼마나 수련을 열심히 하였는지 정말 몸이 단단해 보였다.

“김정남이라고 합니다. 좋은 대련이었으면 합니다.”

남자가 아주 정중하게 인사를 하였다.

“정상수라고 합니다.”

상수도 인사를 하고는 바로 대련을 시작했다.

다른 이들과는 다르게 정남은 무예를 익히고 있었다.

상수는 오늘 대련한 이들 중에 무예를 익힌 이들이 제법 있다는 것을 알게 되었다.

아직도 한국에 무예를 익히고 있는 이들이 많다는 것을 알게 되자 상수는 자신이 익히고 있는 무예에 더욱 애정이 갔다.

상수는 아직 내기를 사용하지 않고 있었지만 지금 눈앞에 있는 남자는 약하지만 내기를 이용하고 있음을 알 수 있었다.

'내기를 사용하는 사람이 존재하긴 하는구나!'

그제야 상수는 자신도 미약하게 내기를 사용하기로 하였다.

우선은 가장 중요한 보법에 내기를 이용하여 상대를 공격하려고 하였다.

상수가 약하지만 보법에 내기를 이용하자 몸의 움직임이 달라지기 시작했다.

남자는 그런 상수를 보며 긴장하며 눈빛을 반짝였다.

아마도 남자는 상수가 지금까지 실력을 감추고 있었다고 판단한 모양이었다.

상수는 그런 남자에게 빠르게 접근하며 발로 공격해 들어갔다.

쉬이익!

지금 하는 공격은 진심으로 전력을 다하여 하는 공격이다.

물론 내기를 전부 끌어 쓰는 것은 아니지만, 그렇다고 무시할 정도의 공격은 아니었다.

남자는 그런 상수의 공격에 몸을 돌리며 피하면서 상수의 발을 자신의 발로 위에서 아래로 찍기 위해 공격하였다.

상수는 상대의 공격이 빠르다는 것을 알고는 순식간에 발을 회수하고는 다시 상대의 상체를 공격하기 위해 움직였다.

하지만 남자도 그리 만만치 않아 보법을 이용하며 상수를 상대하였고, 두 사람은 치열하게 서로를 공격하며 허점을 찾으려고 하였다.

시간이 흘러가도 승부가 나지 않고 막상막하의 대련을 하는 두 사람의 실력은 정말 대단하다는 말밖에는 나오지 않을 정도의 수준이었다.

심사를 보는 심사석에 가장 가운데 앉아 있는 중년의 남자는 그런 두 사람을 보고 아주 만족한 눈빛을 하였다.

"이번에는 상당한 실력을 가진 신진들이 등장했군."

"저도 그렇게 생각합니다. 특히 저기 정상수라는 친구는 나이도 젊은데 대단한 실력을 가지고 있습니다."

"내가 보기에도 그렇게 보이네. 어느 계파를 이었는지 알아보게."

"알겠습니다."

"저기 두 사람, 대련을 시작한 지가 상당히 지났는데 아직 양보할 생각이 없는 모양이니 이번 대련은 무승부로 하지. 너무 지치면 부상을 당할 수도 있으니 말이야."

힘이 들수록 마지막에 하는 공격에는 전력이 담겨 있을 확률이 높았고, 그런 공격에 상대는 엄청난 부상을 입을 수가 있었다.

이러한 전력의 손실은 회사 입장에선 손해가 되기에 무승부로 마무리 짓는 쪽을 언급한 것이다.

"저도 그렇게 하는 것이 좋겠습니다."

두 사람은 합의를 보았는지 가운데 남자가 자리에서 일어서며 크게 고함쳤다.

"그만하세요! 이번 승부는 무승부로 결정을 내렸습니다! 아무튼 두 분의 실력이 상당하여 눈이 호강하였습니다!"

상수는 무승부로 결정 나자 바로 뒤로 물러났다.

물론 남자도 마찬가지의 행동을 보여주었다.

두 사람은 뒤로 물러나서 상대를 보았고, 상수가 먼저 정중하게 인사를 하였다.

"오늘 많은 것을 배웠습니다. 그리고 수고하셨습니다."

"아닙니다. 저도 오늘 좋은 것을 배웠습니다."

상수와 남자는 서로 인사하며 대련을 마치게 되었다.

상수는 김정남이라는 남자에게 상당한 호감을 갖게 되었다.

자신과 대련하는 동안 한 치도 밀리지 않을 정도로 상당한 실력을 가지고 있었기 때문이다.

그리고 가장 중요한 것은 상대가 익히고 있는 무예가 대단하였기 때문에 상수는 호감이 간 것이다.

이는 정남도 마찬가지의 입장이었다.

정남은 자신과 근 십 년 정도 나이 차이가 나는 상수가 자신과 비슷한 실력을 가지고 있다는 사실에 속으로 상당히 놀라고 있는 중이었다.

'저 친구는 도대체 어떤 수련을 해서 저렇게 강해진 걸까?'

정남은 오로지 상수가 강한 이유에 대해서 궁금해할 뿐이었다.

궁금증은 호감으로 이어지고 있었고, 두 사람은 한 번의 대련으로 인해 서로에게 상당한 관심을 가지게 되었다.

아무튼 대련을 마치고 나자 회사에서는 상수와 정남에게 많은 포상금을 주는 것으로 마무리가 되었다.

방으로 돌아온 상수는 보상금으로 받은 수표를 손에 들고 흔들며 고민에 젖었다.

"도대체 이 회사는 무엇을 위해 이런 고액의 포상금을 주며 이런 대련을 하게 하는 걸까?"

상수는 시간이 지나면 지날수록 누리에 대한 의문이 들기 시작했다.

다른 이들이 남아 있는 것을 보면 그렇게 나쁜 회사는 아니라는 생각이 들기는 했지만 솔직히 수상한 것은 사실이었다.

단순한 특허권과 연구를 중심으로 하는 회사라기엔 경비팀에 대한 대우가 이상하다 싶었다.

꼭 외인부대를 운용하는 사설 부대인 것마냥.

상수가 회사에 대한 의문을 느끼고 있을 무렵, 연구소의 한 사무실에서는 여러 명의 간부가 모여 회의를 하고 있었다.

"이번 대련에서는 정상수 씨가 가장 우수한 실력을 보여주었다고 생각합니다."

"서로 무승부를 내기는 했지만 실질적인 실력은 당연히 그 사람이 더 좋았으니 인정하지."

"그러면 이제 어찌하실 생각이십니까?"

"올해는 해외에 파견 나갈 사람이 없지 않나? 아직 경험이 부족해서 해외로 보내기는 이른가?"

"그 정도의 실력이라면 해외로 나가도 큰 문제는 없을 겁니다. 솔직히 제가 보기에 본 실력을 조금 감추고 있었으니 말입니다."

"그렇기는 하겠지 실전도 아닌데 실력을 드러낼 이유가 없으니 말이야. 확실하게 실력을 알아보려면 실전이 있어야겠어."

중년 남자의 말에 모두들 같은 생각인지 고개를 끄덕였다.

누가 들어도 조금 이상한 대화의 내용이었다.

누리라는 회사가 하는 일이 무엇인지는 모르지만 이들이 하는 이야기를 들으니 상수를 해외로 보내려고 하는 것 같았다.

상수는 이런 사실을 까마득히 알지 못했다.

제9장 도둑을 잡다

UNION BANK

　　상수는 누리에서 받은 포상금이 상당하여 모두 은행에 저축해 두었다.

　　실질적으로 자신이 사용하는 돈이 없기 때문이고, 평상시에는 카드를 사용하기에 오히려 더 안전했다.

　　상수는 제주도 파견에서 좀 더 긴 시간 동안 있게 되었다.

　　그래서 제주도에서 새롭게 받은 역할은 야간 연구소 순찰이었다.

　　제주도 연구단지는 다른 곳과는 다르게 주간에 하는 사람과 야간에 하는 사람을 철저하게 분류하고 있었다.

이인일조가 되어 순찰을 도는 일이라 그리 힘들지는 않았지만 생활이 바뀌니 조금 불편하기는 했다.

시간에 한 번씩 순찰을 돌아야 하지만 그리 어려운 일이 아니었기에 상수는 불만 없이 일하고 있었다.

미영과 가끔 통화도 하고 있어서 야간 근무가 오히려 재미있는 상수였다.

"지금 순찰을 돌 시간이지?"

"예, 나가지요."

순찰일지가 비치되어 있어 제 시간에 돌며 이를 체크함으로 근무 평가의 기준을 둔 야간 근무를 오늘도 상수는 열심으로 돌고 있었다.

전자 서명과 감시 카메라에 잡히기 때문에 순찰을 돌지 않으면 그만큼 자신에게 손해가 될 것은 자명한, 그런 근무였다.

출입구를 지키는 편보다야 활발히 돌아다니니 무료하진 않지만, 그렇다 해도 단순하고 지루한 감이 있는 건 마찬가지라 할 수 있었다.

어쨌거나 상수와 함께 야간조로 배정받은 사내는 바로 정남이었다.

"상수야, 그 아가씨 하고 통화하면 그리 좋냐?"

상수가 방금 전에 미영과 통화를 마치고 순찰을 나왔기에 하는 소리다.

정남의 입장에서는 닭살이 돋는 기분이었지만 상수가 저렇게 좋아하는데 말릴 수도 없고 하여 그냥 지켜보고만 있다.

"예. 제가 입사하기 전까지 모쏠이었다는 거 아닙니까. 그런데 보상이라도 받는 건지 아주 제대로 미인이랑 사귀게 됐네요. 흐흐."

상수는 미영을 생각하면 자신도 모르게 입가에 미소가 그려진다.

정남은 그런 상수를 보고 속으로 한숨을 내쉬었다.

'좋~ 을 때다. 시간 지나 봐라. 감옥살이라는 생각이 절로 들 거다.'

정남은 속으로 그렇게 생각하며 상수를 보았다.

정남은 유부남이다.

결혼해서 아이들도 있고, 결혼 생활도 제법 된 편이다.

유부남인 정남의 입장에서 본다면 상수의 이런 모습은 파릇파릇하기만 했다.

그렇게 순찰을 돌고 있을 무렵, 갑자기 상수가 걸음을 멈추었다.

"형님, 잠시만요."

"왜?"

정남도 상수가 갑자기 멈추는 것에 이상함을 느끼고는 조용히 물었다.

"저쪽에서 이상한 소리가 들려요."

정남은 상수가 하는 말에 귀를 기울여 보았지만, 자신에게는 아무런 소리도 들리지 않기에 고개를 갸웃거렸다.

"무슨 소리가 들린다고 그래?"

"형님, 잠시만 천천히 저쪽으로 가보죠."

긴장한 표정이 역력한 상수가 이렇게 말하며 전기봉을 꺼내 들었다.

주식회사 누리에선 야간 경비팀에 회사에서 제작한 전기봉을 지급해 주는데 이를 꺼내 든 것이다.

상수의 이런 행동에 정남은 덩달아 긴장하며 자신도 전기봉을 거내 손에 들었다.

상수가 이런 행동을 하는 데에는 분명한 이유가 있다는 판단에서였다.

상수는 아주 조심스럽게 소리가 들리는 방향으로 걸어갔다.

어느 정도의 거리가 되자 상수는 정남을 보며 전방을 보라고 손짓하였다.

정남은 상수의 손짓에 따라 전방을 보았는데 거기에는 여러 명의 사람이 움직이고 있었다.

"응? 오늘 야간에 다른 일은 없다고 들었는데?"

이 시간에 연구소 안에 사람이 있을 리 만무한데 사람이 연구소 창고 앞에서 꾸물꾸물 움직이고 있다.

그리고 그들은 뭔가를 옮기고 있는 듯하여 두 사람은 잔뜩 긴장한 채 전방을 자세히 주시했다.

"저 사람들, 무언가 지금 옮기려고 하는 것 같아요. 도둑 같은데요?! 포상금이… 찾아왔네요."

상수는 도둑을 잡거나 회사에 공을 세우게 되면 그에 대한 포상금을 준다는 것을 알기에 하는 소리였다.

상수가 포상금이라는 말을 하자 정남은 자신도 모르게 가슴이 두근거렸다.

누리는 포상금 제도가 아주 잘되어 있어서 받는 금액이 만만치 않았기에 모두가 기를 쓰고 회사에 공을 세우려고 하는 것이다.

"확실히……. 오늘 근무 신고된 바가 없으니 네 말이 맞겠지. 어쩔까?"

"형님, 저기 있는 인원이 다섯 명이니 도망가지 못하게 형님이 우측으로 가고 저는 좌측으로 갈게요. 휴대폰은 잔동을 해놓으시면 제가 전화를 할게요. 어때요?"

상수의 말에 정남은 바로 고개를 끄덕였다.

정남 또한 현재 상황을 해결하려 눈빛을 빛내며 상수의 말에 바로 대응하기 시작했다.

“바로 이동하지.”

상수와 정남은 그렇게 양쪽으로 이동하였고, 상수가 먼저 자리에 도착하였기에 핸드폰으로 연락하였다.

놈들에게 들키지 않기 위해 은밀히 움직였지만 상수의 실력으로 그 정도는 충분히 할 수가 있기 때문에 어렵지 않았다.

휴대폰이 울리자 정남은 바로 전화를 받았다.

“준비되었다.”

“그러면 셋을 세고 동시에 공격하지요. 하나, 둘, 셋!”

상수는 휴대폰을 끊음과 동시에 번개 같은 동작으로 남자들이 있는 곳으로 향해 전기 봉을 휘둘렀다.

상대의 말을 듣지 않고 우선 제압하려는 의도였다.

이는 정남도 마찬가지의 행동을 하고 있었는데, 혹시나 도망가는 놈이 생길 수도 있다는 생각에 놈들을 제압하려고 하였다.

갑자기 양쪽에서 경비들이 동시에 공격하자 남자들은 어리둥절한 얼굴을 하였지만, 한 남자는 다급한 표정을 지으며 눈동자가 굴리는 것이 아마도 도망가려는 것 같아 보였다.

상수는 다섯 남자를 자세히 보고 있었기 때문에 놈들 중에 지시를 내리고 있는 녀석으로 예상하는 놈을 찾았다.

한 남자의 눈동자가 심하게 흔들리는 것으로 보고는 이내 그놈이 주동자라는 것을 알 수가 있었다.

'저놈이 가장 위험한 놈이니 제일 먼저 제압해야겠다.'

상수는 그렇게 생각하고는 들고 있는 전기 봉을 이용하여 남자의 어깨를 강하게 때렸다.

퍽! 찌리리릭!

"컥!"

남자는 전기 봉의 전류 탓에 한마디도 못하고 기절하고 말았다.

상수는 남자를 공격하고는 바로 연속으로 다른 이들을 제압하였다.

전기 봉이 강한 전기로 상대에게 충격을 주어 기절시키는 데 효율적이라는 사실을 상수는 새삼스럽게 느꼈다.

어쨌거나 상수와 정남은 순식간에 다섯 남자를 모두 제압할 수가 있었다.

"형님, 우선 창고 안에 다른 이가 더 있는지 확인해 볼게요."

상수는 그렇게 말하고는 바로 안으로 들어갔다.

창고 안에는 사람이 없는지 인기척이 없었다.

그래도 혹시나 하는 생각에 플래시를 이용하여 이리저리 안을 자세하게 살폈지만 다행히 아무도 없었다.

창고에 불을 켜는 것은 주간에는 전력이 통하니 상관이 없지만 야간에는 경비실에서 전력을 연결해 주어야만 불을 켤 수 있도록 되어 있었다.

"형님, 안에는 아무도 없는 것 같으니 우선 경비실에 연락하는 것이 좋겠습니다."

"내가 연락하지."

정남은 그렇게 대답하고는 바로 경비실로 연락하였다.

기절한 다섯 남자는 아직도 정신을 차리지 못하고 쓰러져 있었지만, 상수는 현장을 보존하기 위해 아무것도 건드리지 않았다.

이들이 누구인지는 모르지만 야간에 물건을 옮기려고 하였고, 자신들은 아무런 보고도 받지 않았기에 이들을 제압할 수밖에 없었다.

잠시 후 경비실에서는 정남의 보고로 비상이 걸렸고, 많은 경비팀 인원들이 상수가 있는 장소로 모여들었다.

"무슨 일인가? 도둑을 잡았다니?"

경비실장은 사십대의 남자로 상당한 수련했는지 단단한 근육질을 자랑하고 있었다.

정남은 경비실장이 왔다는 것에 조금은 놀란 얼굴로 실장에게 보고하였다.

"예, 저희가 순찰을 돌고 있는데 이쪽에서 이상한 소리가 들려 오게 되었는데, 저기 쓰러져 있는 남자들이 물건을 옮기고 있었습니다. 실장님도 아시겠지만 야간에는 전력을 경비실에서 통제하고 있는데 저들은 플래시를 이용하여 물건을 옮기고 있었고, 저희도 오늘 야간에 물건이 나간다는 보고를 받은 적이 없기에 도둑이라는 생각에 바로 제압한 것입니다.”

정남의 보고에 실장은 고개를 끄덕였다.

“무슨 말인지 알았네. 저들이 야간에 아무런 보고도 없이 창고에 있는 물건을 가지고 가려고 했다는 말이지?”

“그렇습니다, 실장님.”

“그러면 여기 쓰러져 있는 다섯이 전부인가?”

“눈으로 확인하기로는 다섯이 전부지만 아직 창고 안에 누가 있는지는 정확하게 확인하지 못했습니다.”

정남의 보고에 실장은 전화를 들고는 바로 지시를 내렸다.

“경비실장인데, 여기 제5창고에 당장 전력을 넣어.”

실장의 지시로 창고 안에 불이 켜졌고, 경비실장은 데리고 온 경비원들을 대동하고 창고로 들어갔다.

창고가 작다면 몰라도 눈으로 보기에도 상당한 크기였기에 경비원들은 한참을 수색해야 했다.

많은 인원이 창고를 수색하기 시작하였지만, 아무것도 발견하지 못했고 실장은 다음 지시를 내렸다.

“이상이 있는가?”

“여기는 이상이 없습니다.”

“이쪽도 이상이 없습니다, 실장님.”

경비원들이 사방에서 이상이 없다고 보고하자 실장은 고개를 끄덕였다.

“그러면 그만 창고에서 나간다.”

실장의 지시에 상수는 처음부터 창고 입구에서 경비원들이 수색하는 것을 보고 있었는데 한 가지 이상한 것을 발견하게 되었다.

무언가 급하게 물건을 옮긴 흔적이 보였기 때문이다.

내기를 사용하지 못했으면 절대로 발견하지 못할 그런 흔적이었다.

“실장님, 잠시만 기다려 주십시오.”

창고의 입구에 있던 상수가 말하자 실장은 이상한 눈빛을 하며 상수를 보았다.

“무슨 일인가?”

“저기 이상한 곳이 있어서 그런데 살펴보고 싶습니다.”

상수의 말에 경비원들과 정남은 호기심 어린 눈으로 상수를 보았다.

순간 실장의 눈동자가 살짝 흔들렸지만 이내 정색하고는 대답하였다.

“어디가 이상한지는 모르겠지만 경비들이 모두 확인하였

으니 이상한 소리 하지 말게.”

실장의 대답에 상수는 그런 실장도 의심스러웠다.

“실장님, 의혹을 두고 가는 것보다는 확인하고 가는 것이 좋다는 생각이 드는데 실장님은 그렇지 않습니까?”

상수의 말이 조금 교묘한지라 실장은 그 말에 가볍게 인상을 찡그렸다.

만약에 자신이 그냥 나가자고 우긴다면 이번 도둑질에 실장도 공범이라는 의심을 받을 수 있는 상황이었다.

결국 실장은 그런 상수의 의견을 들어줄 수밖에 없었다.

“자네가 그렇게 말하니 들어주지 않을 수가 없군. 그럼 의심이 가는 곳을 확인해 보게.”

경비실장의 허락에 상수는 이상하게 느껴지는 장소로 이동하였고, 상수가 가자 다른 경비들도 상수의 뒤를 따라 이동하였다.

상수는 물건이 많이 쌓여 있는 곳으로 갔고, 바로 인위적인 느낌이 든 곳의 물건들을 옆으로 옮기려고 하였다.

“여기가 이상한 곳이니 간단하게 앞에 보이는 물건만 좀 치우지요, 정남이 형님.”

정남은 상수의 말에 고개를 끄덕이며 바로 물건들을 옮겼다.

앞에 있는 물건들을 치우니 안은 비어 있었는데 그 안에는 가방이 놓여 있었다.

"여기 가방이 있습니다, 실장님!"

정남은 가방을 발견하자마자 소리를 쳤고, 그런 정남의 말에 다른 경비들도 확인하게 되었다.

가방을 발견하였다는 소리에 실장의 얼굴은 극도로 긴장한 표정이다.

"음, 우선 가방을 가지고 오게."

실장이 가방을 가지고 오라는 지시에 정남은 가방을 들려고 하였는데 무언가 연결되어 있는지 들리지가 않았다.

상수는 정남이 가방을 들지 못하자 눈빛을 빛냈다.

"형님, 제가 들게요."

상수는 가방을 들기 위해 세밀하게 살필 수가 있었는데 가방에 다른 장치가 있지는 않았다.

"끙차! 아니, 도대체 가방 안에 무엇이 있는건지……. 무거워서 도저히 들 수가 없으니 가방을 열어보아야겠습니다."

상수가 그렇게 말하자 실장은 더욱 얼굴이 급격히 굳어졌다.

실장의 표정을 살피고 있던 상수는 실장이 가방에 대해서 알고 있다는 생각이 들었다.

'실장은 이번 일에 대해 분명 무언가 알고 있는 것이 있는 것 같은데? 말을 하지 않고 있는 것을 보면 내부적인 일인 것

같다.'

상수는 운기를 하며 내기를 느끼고 나서는 예전에 비해 두뇌회전이 빨라졌다.

그렇다 보니 전과는 다르게 사건의 정황만 보고도 대강 유추할 수가 있었다.

실장은 가방을 열어본다고 하자 급하게 지시를 내렸다.

"그만두게. 가방 안에 무엇이 들었는지도 모르는데 확인하는 것은 너무 성급한 판단이니 우선 상부에 보고하고 판단을 내리기로 하지. 오늘은 창고를 지켜야 할 사람이 필요하니 여기에 세 사람을 더 배치하겠네. 가방은 내일 아침 상부의 지시에 따라 처리하도록 하겠네."

실장의 지시에 경비들은 아무 불만이 없는 얼굴이었지만 상수는 달랐다.

도대체 가방 안에 무엇이 있는지는 모르지만 저렇게 감추려고 하는 것을 보면 아마도 엄청난 것이 저 안에 있을 것이라는 생각이 들었다.

경비실장이 개입된 일이라면 상부에서도 어느 정도 개입된 일이라는 생각이 드는 상수였다.

'실장이 저러는 것을 보면 위에서도 알고 있다는 이야기인데 말이야. 그냥 넘어가는 것이 좋겠다. 저러는 것을 보니 나중에 좋은 일은 없을 것 같아.'

상수는 실장의 행동을 보고는 대강 짐작이 갔지만 그냥 넘어가는 것이 가장 좋겠다고 판단을 내렸다.

그렇게 하룻밤의 소동은 진정이 되었다.

다음 날,

상수와 정남은 회사에 침입한 도둑을 잡았다는 이유로 포상조치를 받았다.

"수고하였소. 앞으로도 회사에 그런 일이 생기지 않도록 순찰을 잘해주도록 하시오."

"걱정 마십시오. 더욱 열심히 하겠습니다."

"열심히 하겠습니다."

정남이 선창을 하고 상수는 따라 대답하였다.

그런데 상수를 보는 남자의 눈빛이 상당히 묘하다는 것을 상수는 모르고 있었다.

남자는 바로 전에 회의할 때 중앙에 있던 사람이고 회사에서는 실장이라는 직책을 가진 고위층 인물이었다.

"정상수 씨는 잠시 나 좀 보고 가세요."

포상금을 지불하고는 상수를 보며 남으라고 하자 상수는 의문스러운 눈빛을 하며 대답하였다.

"알겠습니다."

정남은 상수만 남으라고 하자 상수를 보며 눈치를 주고는 나갔다.

　모두가 나가자 실장은 상수에게 남게 한 이유에 대한 설명하였다.

　“자, 우선 앉아요. 이야기가 조금 길어질 것 같으니 말입니다.”

　“아, 예.”

　상수는 실장의 지시에 자리에 앉았다.

　그러면서 실장이 왜 자신을 보고 남으라고 하였을까 생각해 보았다.

　‘나만 남으라는 것은 분명히 따로 할 말이 있다는 말인데 무슨 이야기일까?

　상수는 실장이 남으라고 하는 이유에 대해 생각해 보았지만 머리만 복잡해지는 기분이라 결국 실장의 이야기를 듣고 판단하기로 하였다.

제10장 해외 파견 근무

UNION BANK

실장은 상수를 보며 천천히 이야기를 시작했다.

"상수 씨, 우리 회사는 당신에게 거는 기대가 참 커요. 혹시 우리 회사가 해외로 직원들을 보내는 이야기는 들었지요?"

"예, 자세히는 모르지만 듣기는 했습니다."

"저는 올해 해외 파견에 상수 씨가 가주었으면 합니다. 해외 연수라는 명목으로 가는 것이고 기간은 일 년입니다. 물론 그 기간 동안 월급은 세 배로 지급할 것이며 만약에 사고가 생기게 되면 그에 대한 보상금이 나가도록 계약하게 될 겁니다."

실장이 하는 이야기를 들으니 위험한 일을 하는 것 같은데 도대체가 이놈의 회사가 하는 일이 무엇인지 이해가 가지 않는 상수였다.

"저기 실장님, 제가 궁금한 것이 있는데, 해외로 나가게 되면 하는 일이 무엇입니까?"

실장에게 회사의 정체가 무엇인지를 묻고 싶었지만 차마 말하지 못하고 결국 해외에 대한 질문을 하게 되었다.

그리고 또 한 가지 이상한 것이 자신은 회사에 대한 궁금증이 생기는데, 다른 이들은 그렇지 않은지 자연스럽게 행동한다는 사실이었다.

"해외 파견 근무도 지금과 같은 일입니다. 해외에 있는 우리 연구소를 경비하는 일을 합니다. 그리고 가끔 연구원들을 수행하는 일도 합니다. 고대의 유적지를 탐험하는 일행을 지켜주는 일이라고 생각하시면 됩니다."

"고대… 유적지요?"

"역사를 알면 새로운 문명의 단서를 찾아낼 수 있다고 우리는 생각하고 있지요. 실제로 우리가 모르는 과거의 문명이란 것들이 있지만, 자세한 건 회사 기밀에 속하기에 말씀드릴 수 없군요."

"음……. 알겠습니다."

실장이 하는 이야기를 들으니 해외 유적지를 연구하는 연구원들의 보디가드라는 생각이 들었다.

그리고 가장 중요한 것이 바로 그에 따른 돈이 상당하다는 것을 알 수가 있었다.

지금 상수가 받는 월급은 250 정도인데 여기 제주도는 더 준다고 하였으니 대략 한 삼백 정도는 될 것이 분명하다.

그리고 해외로 파견을 나간다면 한 달에 천만 원은 너끈히 받을 수 있다는 것을 실장의 설명을 통해 알 수 있었다.

하지만 상수는 실장의 말에서 걸리는 점을 발견할 수 있었다.

그의 말을 토대로 본다면 자신이 해야 하는 일은 경비가 아니라 일종의,

"그러면 일종의 경호원인가요?"

"그렇습니다. 연구원들을 경호해 주는 일입니다. 그래서 실력이 좋은 분에게만 기회를 제공하는 겁니다. 단순 경비와는 차원이 다른 일이 될 겁니다."

상수는 실장의 이야기를 들으니 충분히 이해할 수 있었다.

회사의 입장에서는 해외로 나가는 일이니 혹시 모를 위험에 대비하여 실력이 좋은 사람들로 차출할 수밖에 없을 듯했다.

회사가 해외 업무를 통해서 어떤 일을 벌이는지 세세하게 알 순 없지만, 도전이 될 것은 분명했고, 많은 돈을 준다는 사

실이 매우 끌리는 상수였다.

가지 않을 이유가 없었다.

"그렇다면 가겠습니다."

실장은 상수의 대답에 입가에 미소를 그렸다.

경호원이라고는 했지만 하는 일이 조금 달랐다. 하지만 그리 크게 다르지도 않다 여기는 상수다.

"알겠습니다. 그러면 상수 씨가 해외로 파견 나가는 것으로 보고하겠습니다. 나중에 결정되면 따로 계약서를 작성해야 합니다. 이는 위험에 따른 보험도 회사에서 들어주기 때문입니다."

실장의 말에 상수는 그냥 고개만 끄덕였다.

보험도 들어준다는 데 거절할 이유가 없기 때문이다.

상수는 그렇게 실장과 대화를 마치고 나왔다.

이제 가서 잠을 자야 했다.

밤을 새우고 오전까지 포상금을 받느라 잠을 자지 못했으니 야간 근무를 하려면 얼른 잠을 취해야 한다.

상수는 방으로 돌아와 간단하게 운기를 하였다.

이는 자기 전에 항상 하고 자는 버릇이 들어 이제는 하지 않으면 더 이상하게 느껴졌다.

상수가 운기를 마치고 간단하게 몸을 씻으니 핸드폰에 전화가 와 있었는데, 미영이었다.

상수는 옷도 갈아입지 않고 바로 전화를 걸었다.

"상수 씨, 전화를 걸었는데 받지 않는 것을 보니 바쁘신가 봐요?"

"아, 오늘은 조금 특별한 날이 되어서요."

상수는 미영에게 자신이 도둑을 잡은 이야기를 해주었고, 그에 대한 포상금을 받았으며, 지금 목욕을 하고 있어 그랬다고 했다.

미영은 상수의 이야기를 듣고는 깜짝 놀란 목소리로 물었다.

"진짜요? 위험하지 않았어요? 어디 다친 데는 없어요?"

"아니요. 무슨 흉기를 들고 있는 도둑이 아니고 회사 물건을 훔치려고 하던 좀도둑이었어요. 그래서 위험한 일은 없었어요."

"다행이네요. 나는 도둑이라고 해서 놀랐어요. 그런데 정말 그런 위험한 일은 하지 마세요. 다치시면 어떻게 해요."

"하하하, 경비가 하는 일이 그런 도둑을 잡는 것인데 그걸 두려워하면 어떻게 합니까."

상수는 미영의 말에 크게 웃고 말았다.

미영이 자신을 그만큼 생각해 주고 있다는 것이 상수의 마음을 즐겁게 해주어서였다.

"그래도 조심하세요. 다치지 않게요. 알았죠?"

"예, 절대 다치지 않도록 하겠습니다, 미영 씨."

"호호호, 우리 상수 씨는 정말 말도 잘 들어요."

미영의 말에 상수는 이런 것이 서로를 챙겨주는 것이라는 생각이 들었다.

상수는 아직 여자에 대한 경험이 없기에 솔직히 여자에 대해 아는 것이 별로 없었다.

알고 있는 것이라고는 모두 말로만 들은 것이기에 실전에는 그리 도움이 되지 않았다.

"아참, 미영 씨, 나 잘하면 해외로 파견 나갈 것 같아요."

"예? 해외로 나간다고요?"

"예, 오늘 실장님하고 이야기했는데 본사에서 결정이 내려지면 해외로 나가야 합니다."

"아니, 경비를 보는 사람이 무엇 때문에 해외로 파견을 나간다는 거지요?"

미영은 상수가 해외로 파견을 간다고 하니 이해가 가지 않았다.

회사에 경비 일을 하는 사람이 해외로 나갈 이유를 몰라서였다.

솔직히 경비를 보는 사람이 해외에 나간다고 하면 누구라도 미영과 같은 생각일 것이다.

"저도 자세한 것은 모르는데 해외에 있는 연구원들을 경호하는 업무라고 하네요. 미영 씨는 연구원이니 아시는 게 좀 있으세요?"

"경비가 아니고 경호라고요?"

미영은 대답과 동시에 누리에 근무하는 연구원 중에 일부가 해외로 나간다는 이야기를 들은 게 기억났다.

고대의 유적지를 조사하는 일이라고 했다.

미영도 연구원으로 일하곤 있지만, 그쪽 부서와는 거리가 있어서 자세한 건 알 수 없지만, 대충 상수에게 맡겨지는 업무가 무엇인지는 깨달을 수 있었다.

"예, 경호하는 일이라고 하네요. 여기 제주도에서 경비원들의 실력을 점검하였는데 제가 이번에 우승해 이런 기회를 주는 것이라고 들었어요."

어쨌거나 미영은 상수가 자신의 생각보다 상당한 실력을 가진 사람이라는 것을 알았다.

그런 대회에서 우승하니 국내에서 경비 일을 하는 것보다는 해외로 보내 경호를 시키는 것이 회사의 이득이라고 판단하였기에 내보내려 한다고 여겨졌기 때문이다.

상수가 그만큼 우수한 능력자라는 것을 증명하는 일이기에 미영은 자신도 모르게 입가에 미소가 그려졌다.

"저도 들은 기억이 있네요. 아마도 해외에 있는 연구원들을 보호하기 위해 회사에서 그런 조치를 취하는 것 같아요. 아무튼 해외로 나간다는 것은 그만큼 실력을 증명하였다는 이야기이니 상수 씨에게는 좋은 기회네요. 축하해요."

상수는 미영이 좋게 생각해 주니 기분이 좋았다.

그리고 자신이 미영에게 인정받았다는 생각이 들어 왠지 어깨에 힘이 들어가는 기분이다.

"하하하, 아직 결정 난 것은 아니니 미리 축하하시지는 마세요. 그러다가 떨어지면 망신이니 말입니다."

"우리 회사는 한번 심사를 하면 거의 그대로 적용되니 아마도 그런 일은 없을 거예요. 그러니 걱정하지 않아도 돼요."

미영도 누리에 오 년이나 근무했기에 이제는 어느 정도 회사에 적응하고 있었고, 돌아가는 분위기를 대강 알고 있기에 하는 소리였다.

"아, 그래요. 그러면 저도 미리 준비해 두어야겠네요."

"그렇게 하세요. 그런데 해외로 가시기 전에 여기에는 안 오세요?"

미영은 상수와 애인이 되기로 하고 바로 제주도로 갔기 때문에 아직 데이트도 한 번 제대로 하지 못했다는 생각이 들어 하는 소리였다.

해외로 나가기 전에 확실하게 상수와 무언가 연결 고리를 만들어둘 생각이다.

“가야지요. 미영 씨를 만나기 위해서라도 가야지요.”

“호호호, 그렇게 말해주니 기뻐요.”

미영의 말에 상수는 그냥 기분이 좋았다.

여자를 만나면 이런 기분이 드는 것인지는 모르지만 솔직히 좋은 것을 어쩌란 말인가.

상수와 미영은 아주 기분 좋게 통화를 마쳤다.

상수는 전화를 끊고도 계속 가슴이 두근거리는 기분이라 진정시키려 애썼다.

“내가 미영 씨를 좋아하고 있는 건가? 이런 것이 좋아하는 감정인가?”

상수는 조금은 복잡한 마음에 곤혹스러워하는 표정이다.

아직까지 한 번도 이런 이상한 감정을 느껴보지 못했기에 가지는 생각이었다.

사랑이라고 하기보다는 아직은 좋아하는 감정이라고 할 수 있는 미묘한 이 감정이다.

하지만 상수는 이마저도 살면서 느껴본 적이 없기에 뭐라 말해야 할지 알 수 없었다.

이러한 상수의 기묘한 기분은 잠이 들기 전까지 이어졌음은 물론이다.

＊　　　＊　　　＊

누리 본사에서는 이번 해외 파견 근무에 상수가 가는 것으로 결정이 났고, 이를 위한 조치는 꽤나 신속히 이루어졌다.

파견지의 경호 인원이 부족한 탓이었다.

"정상수 씨, 본사에서 해외로 가는 것으로 결정이 났으니 잠시 사무실로 오세요."

"알겠습니다."

상수는 연락을 받고 이렇게 빨리 결정 날 수도 있다는 것을 알았다.

상수는 아직 근무 시간이 되기 전이라 바로 사무실로 갔다.

사무실로 가니 안에는 실장이 아니라 과장이 있었기에 상수는 인사를 하였다.

"저기, 파견 근무 때문에 오라고 해서 왔습니다."

상수의 말에 과장은 고개를 들어 상수를 보았다.

"아, 이리 오세요."

과장은 상수가 오자 자리에 앉아 간단하게 해외로 나가기 전에 작성해야 하는 서류를 보여주며 설명하였다.

그리고 해외로 나가려면 여권이 있어야 하기 때문에 그에 필요한 것들을 말해주었다.

한참의 설명을 들은 상수는 대충 이해가 되었다.

"여기 서류를 작성하면 되는 건가요?"

"예, 그렇게 하시면 됩니다. 나머지 서류는 이번 주 안으로 제출해 주세요."

"알겠습니다, 과장님."

상수는 대답하고는 빠르게 서류를 작성하였다.

사진은 어차피 찍어야 했기에 내일 사진관에 가면 될 것이다.

요즘은 바로 나오기 때문에 시간이 걸릴 일도 없었다.

상수는 서류를 모두 작성하고 사무실을 나와 바로 경비실로 갔다.

옷을 갈아입어야 근무할 수가 있기 때문이다.

상수는 정남과 함께 어제 받은 포상금에 대해 이야기를 나누었다.

"상금이 제법 많아서 마누라가 좋아 죽겠다고 하네."

"하하하, 형님은 형수님에게 이번에 확실히 도장을 찍은 거네요."

"그렇지? 나도 그렇게 생각해. 마누라들은 말이야, 신랑보다는 돈이 먼저라 힘들지만 돈만 보내면 확실하게 대접 받을 수 있지."

정남과 근무한 지는 그리 오래되지는 않았지만 정남은 상수가 모르는 부부생활에 대한 이야기를 많이 해주었다.

그리고 지금 상수가 여자를 만나고 있기 때문에 나름 열심히 코치도 해주었다.

이왕이면 좋게 되었으면 하는 마음에서였다.

상수도 그런 정남의 마음을 알기에 웃으면서 들었다.

둘은 정답게 웃으면서 경비 근무를 섰다.

어제의 포상금이 두 사람을 그렇게 만들어주었다.

사람은 누구라도 많은 상금을 받으면 저렇게 변하게 되는데 이는 공돈이라는 생각이 커서이다.

공짜 싫어하는 사람이 있다고 하는데 말로만 그렇지, 실제로는 공짜로 돈을 준다고 하면 싫어할 사람은 단 한 명도 없는 게 우리네 삶이다.

상수와 정남도 마찬가지의 인간이었기에 공돈이 생기니 저렇게 즐겁게 웃으면서 일을 할 수가 있었다.

남들이 자신들을 부러워한다는 사실도 모르고 말이다.

"형님, 저 해외로 파견 나가게 되었습니다. 오늘 결정이 났다고 해서 사무실로 가서 서류 작성하고 오는 길입니다."

"정말? 뭔가 급격하게 일이 벌어지는데."

정남은 해외로 상수가 파견 나간다고 하니 놀란 얼굴을 하였다.

솔직히 자신도 해외로 나가고 싶었기 때문이다.

"예. 제가 형님에게 거짓말을 하겠습니까."

정남은 솔직히 샘이 나기도 했지만 그래도 동생이 잘되었다고 하니 기분 좋게 축하해 주었다.

"잘됐네. 해외 파견이 상당히 짭짤하다더라. 잘리지 말고. 알았냐?"

"예, 고맙습니다, 형님."

상수는 정남에게는 속이고 싶지 않아 있는 그대로 이야기해 주었고, 그런 자신에게 축하해 주는 정남이 고마웠다.

정남이 해외로 나가고 싶어 한다는 사실을 상수도 알고 있었다.

누리는 해마다 해외로 파견 나갈 인원을 뽑는데, 올해는 상수가 당첨된 것이다.

아직 자신 외에 다른 이가 있는지는 모르지만, 많은 돈을 준다고 하니 상수에게도 솔직히 거절할 마음이 없었다.

미영과의 사이가 앞으로 어떻게 될지는 모르지만 자신이 잘되면 미영도 좋아할 것이라 판단하고 결정한 일이고, 미영도 그런 사실을 알고는 축하해 준 것이다.

그렇기에 상수는 이번 결정을 정말 잘했다 여겼다.

'그래, 앞으로 나에게 다시 오지 않을 기회라고 생각하고 정말 열심히 해보자. 미영 씨와 나중에 잘되어 결혼하려면 최소한 집은 가지고 있어야지.'

이제 겨우 사귄 지 얼마 되지 않았지만, 상수는 미영과 결혼하는 일까지 마음에 두고 있었다.

상당한 외모를 가진 미인, 그리고 은근히 섬세하게 남자를 챙기는 미영의 태도를 보면서 상수는 진심으로 자신의 여자 친구에 대해 호감을 느끼고 있었다.

더 나아가 자신의 반려자로 내심 미영이었으면 좋겠다는 생각까지 했다.

아직은 침만 흘리고 있지만, 가능성이 없지는 않다 여기는 상수였다.

그렇게 상수는 새로운 세상을 보기 위한 준비를 하고 있었다.

그저… 세상이 자신이 생각하는 것과는 다르다는 사실을 뼈저리게 느끼게 될 사건에 휩쓸릴 것을 알지 못한 채 말이다.

제11장 데이트

UNION BANK

상수는 모든 준비를 마치고 제주공항에 나와 있었다.

이번 제주도행은 상수에게 두 명의 새로운 인연을 만들어 주었는데 바로 정남과 창호였다.

상수가 해외로 파견 나가게 되었다는 말에 가장 반겨준 사람은 바로 창호였다.

상수는 두 사람의 축하를 받으면서 제주도를 떠나고 있었다.

"나중에 파견 근무 마치면 우리 그때 다시 만나서 시원하게 한잔해요."

"그래, 잘 갔다 와라. 올 때 선물 사는 것 잊지 말고."

"하하하, 나도 선물은 좋아하니 사오세요."

두 사람과 인사를 마친 상수는 비행기를 타기 위해 안으로 들어갔다.

서울행 비행기를 탄 상수는 안에서 미영에 대해 생각하고 있다.

엄청난 미인인 미영을 본다고 생각하니 가슴이 떨려왔다.

전화로는 이제 정말 친한 연인같이 이야기하였지만 막상 만난다고 생각하니 가슴이 진정되지 않았다.

"내일은 본사로 출근하게 되니 오늘이 아니면 만날 시간이 없을지도 몰라. 비행기에서 내리자마자 연락해서 만나야겠다."

상수는 오늘 미영과 데이트할 생각이다.

이번 제주도행은 자신의 통장을 아주 든든하게 만들어주었기에 부담 없이 미영과 데이트할 수 있겠단 생각으로 기분이 좋은 상수였다.

제주와 서울을 오가는 비행 구간은 거리만큼이나 그 시간이 매우 짧은 편이다.

제주를 떠난 지 오래지 않아 비행기는 서울에 도착했고, 상수는 서둘러 미영에게 전화를 걸었다.

드드드.

"어머, 상수 씨, 나도 전화하려고 했는데 우리 무언가 통하
는 것 같아요. 호호호!"

"하하하, 그래요? 미영 씨, 오늘 언제쯤 퇴근하세요?"

상수의 물음에 미영은 눈치가 있는지 바로 물었다.

"지금 어디신데요? 혹시 서울이에요?"

미영의 말에 상수는 미영의 눈치가 보통이 아니라는 생각
에 조금 놀랐다.

"어? 아셨어요?"

상수는 미영의 말에 놀란 목소리로 대답하니 미영이 크게
웃었다.

"호호호, 갑자기 그렇게 물으면 아마도 대부분의 여자들은
눈치챌 걸요."

"하하하, 그런가요? 지금 서울에 내렸습니다. 가장 먼저 미
영 씨에게 전화 드리고 있는 거고요."

"어머, 고마워요. 그럼 이쪽으로 오시는 거예요?"

"예, 미영 씨가 보고 싶어 만사 제치고 가렵니다."

상수의 말에 미영은 통화를 하면서도 부끄러움에 얼굴이
붉어졌다.

이런 재미로 연애를 하는 것이라는 생각이 든다.

"알았어요. 도착하시면 연락하세요. 최고로 예쁘게 꾸미고

나갈게요."

　미영은 상수의 보고 싶다는 말에 자신도 모르게 그렇게 말하고 말았다.

　"알겠습니다. 최대한 빨리 달려가도록 하겠습니다."

　상수는 그렇게 전화를 마치고 바로 미영에게 가기 위해 움직였다.

　상수가 움직이고 있을 때 미영도 통화를 마치고는 바쁘게 화장을 하러 서두르고 있었다.

　"어머, 내 정신 좀 봐. 화장실로 가서 우선 얼굴 좀 고쳐야지."

　미영도 부산하게 움직이는 것을 보면 둘은 천생연분인 것 같았다.

　커피 전문점의 안에서 미영은 지금 상수를 기다리고 있었다.

　그때 문이 열리며 급하게 안으로 들어와 두리번거리는 남자가 있었으니 바로 상수였다.

　상수는 미영을 발견하고는 바로 미영에게 빠른 걸음으로 다가갔다.

　"미영 씨, 오래 기다렸어요?"

“아니에요. 차가 막혔나 봐요?”

“예, 전철을 타는 건데 버스를 타는 바람에 조금 늦었습니다.”

상수는 퇴근 시간에 대한 생각이 없어 버스를 타는 바람에 길이 막혀 늦은 것이다.

마음과는 다르게 도로는 상수의 마음을 몰라주고 천천히 가는 바람에 상수는 미치는 줄 알았다.

미영은 상수의 이마에 흐르는 땀을 보고는 얼마나 급하게 왔는지를 알 수가 있었다.

미영은 잠시 시간을 두고 분위기가 진정되자 입을 열었다.

“상수 씨 해외로 나가면 얼마나 있어야 하는 거죠?”

“우선 계약은 일 년으로 하였지만, 가서 재계약을 할 수도 있다고 들었습니다. 매년 계약하는 것이니 말입니다.”

“그러면 재계약을 하지 않으면 다시 오는 건가요?”

“그건 저도 잘 모르겠군요. 다시 회사로 와서 근무할 수 있는 건지 아니면 그만두어야 하는지는 아직 모릅니다. 다만 계약을 하면 지금 받는 급료보다는 세 배 정도 더 받을 수가 있기 때문에 해외로 나가려고 하는 겁니다.”

미영은 세 배라는 소리에 깜짝 놀랐다.

“정말 세 배를 준다고 해요? 그러면 얼마나 되는 거예요?”

미영은 놀라면서 은근히 지금 상수가 받는 급료를 알고 싶어 질문했다.

상수는 그런 미영의 내심은 짐작 못하고 있는 그대로 말하였다.

"제가 제주도에서 받는 급료는 삼 백 정도 됩니다. 그러니 대략 한 천만 원 가까이 되지 않을까 생각하고 있습니다."

"세상에, 천만 원이요? 해외로 굳이 나가려는 이유가 있군요?"

미영은 상수와의 대화로 경비들이 해외로 나가고 싶어 한다는 것을 알았기에 아는 것처럼 말하였다.

"예, 그렇지요. 저도 나가고 싶어 하니 다른 분들도 마찬가지라고 생각됩니다."

상수는 진짜로 해외로 나가고 싶어 하는 경비들이 많다는 것을 알기에 하는 소리였다.

제주도에 함께 근무한 정남과 창호만 보아도 알 수 있었다.

미영은 상수가 해외로 가면 엄청난 월급을 받는다는 사실에 솔직히 상당히 기분이 좋아졌다.

자신은 연구원으로 있지만 한 달에 사백이 되지 않는데 상수는 비록 경비를 하는 일이지만 천만 원이라면 충분히 감수할 수가 있다는 생각이 들었다.

그리고 단순 경비가 아니라 자신의 능력을 활용할 수 있는 경호가 주된 업무가 될 생각에 상수는 가슴이 두근거렸고, 미영은 그런 상수가 든든해 보이기 시작했다.

"상수 씨, 이제 어딜 가든 무슨 일 하느냐고 물으면 경호원이라고 하세요. 남들이 듣기에도 좋고 말하기도 편하잖아요."

상수는 미영의 말에 충분히 일리가 있다고 생각하였다.

미영과 데이트를 하다가 아는 사람이라도 만나게 되면 경비라고 하기보단 경호원이라 하는 편이 우리나라 정서에 더 괜찮은 느낌으로 와 닿는 건 사실이었다.

아직 우리나라엔 직업에 대한 편견이 강하게 있고, 이를 미연이나 상수 또한 잘 알고 있기에 그랬다.

솔직히 미영과는 아직 정식으로 데이트도 하지 못했지만 전화를 하면서 항상 애인이라고 생각해서 그런지, 이제는 미영이 자신의 애인이라는 확신이 들었다.

그런 미영이 자신의 직업 때문에 곤란한 입장이 되는 것은 상수도 바라는 일이 아니었다.

"하하하, 미영 씨가 그렇게 하라고 하니 그렇게 하지요. 그리고 실질적으로 이제 저 경호원이 맞습니다."

"호호호, 그래요. 아무튼 축하해요."

미영은 상수와 즐거운 데이트를 상상하면서 항상 한 가지 걸리는 것이 바로 상수의 직업이었는데, 이제는 그런 부분이 사라졌으니 입가에 아주 밝은 미소가 번지고 있다.

이제는 부모님께도 소개할 수가 있을 정도라는 생각이 들어서였다.

상수와 미영은 그렇게 즐거운 데이트를 마쳤고, 상수는 미영의 집이 있는 아파트까지 데려다 주었다.

"이제 그만 들어가세요. 그리고 자주 전화를 할게요."

"알았어요. 고마워요."

미영은 상수에게 고맙다는 인사를 하고는 몸을 돌렸다.

상수는 미영의 뒷모습을 보며 참 몸매도 예술적이라고 생각하고 있는데 미영이 갑자기 몸을 돌리며 상수의 입술에 가볍게 키스를 하는 것이 아닌가?

"어?"

잠시의 시간이지만 상수는 완전 천국을 걸어가는 기분을 느꼈다.

미영은 키스를 하고는 바로 몸을 빼고는 얼이 빠져 있는 상수의 얼굴을 보며 크게 웃었다.

"호호호, 이거는 나가서 바람피우지 말라고 주는 선물이에요. 자주 통화해요."

미영은 그렇게 말하면서 손을 흔들고는 안으로 들어갔다.

상수는 미영이 완전히 사라질 때까지 자리를 떠나지 못했는데 아직도 정신이 출장을 가서 돌아오지 않아서였다.

미영은 엘리베이터를 타고 집에 들어와 창문을 열고 밖을

보니 아직도 상수가 가지 않고 있는 것을 보고는 미소를 지었
다.

"풋, 참 순진한 남자야."

미영은 상수의 순진함이 이상하게 매력적으로 느껴졌다.

상수는 시간이 지나자 정신을 차렸는지 입술을 손으로 만
졌다.

"기습으로 키스를 당할 줄은 몰랐는데 기분은 좋네."

상수는 그렇게 중얼거리며 천천히 자리를 떠났다.

＊　　　＊　　　＊

누리의 본사로 출근한 상수는 경비 본부라고 쓰여 있는 사
무실로 들어섰다.

"무슨 일이세요?"

사무실의 아가씨가 상수의 얼굴을 모르기에 물었다.

"오늘 해외로 나갈 정상수라고 합니다. 여기로 출근하라고
해서 왔습니다."

상수의 대답에 아가씨는 입가에 미소를 지었다.

마치 군대에 근무하는 사람처럼 대답하는 상수가 아가씨
에게는 신선한 느낌을 주었기 때문이다.

"호호, 저기 앉으세요. 조장님 오실 거예요."

“아, 예, 감사합니다.”

상수는 아가씨의 말대로 의자에 앉아 조장이 오기를 기다렸다.

경비들은 회사원보다는 한 시간 일찍 출근하였기에 핸드폰을 보고는 자신이 조금 일찍 왔다고 생각하였다.

“커피 한잔하실래요?”

“아, 고맙습니다.”

상수는 그냥 멍하니 있는 것보다는 커피라도 마시고 있는 것이 좋았기에 바로 대답하였다.

본사는 자신이 근무하는 곳이 아니라 낯설어서 그런지 행동이 아무래도 딱딱해졌다.

덜컹!

그때 문이 열리면서 일단의 무리가 들어왔다.

가장 선두에 있는 사람은 상수가 기다리고 있는 박 조장이었다.

박 조장은 사무실 문을 열자마자 상수가 있는 것을 보고는 반갑게 인사했다.

“아, 상수 씨, 일찍 왔네?”

상수는 박 조장이 들어올 때 이미 일어서 있었다. 나이가 어린 자신의 당연한 예의였기 때문이다.

“예, 집이 그리 멀지 않아 조금 일찍 왔습니다.”

"하하하, 아무튼 축하하네. 이번에 파견 나간다면서?"

"조장님이 신경 써주서서 정말 감사하게 생각하고 있습니다."

상수는 정중하게 고맙다고 인사하였다.

사실 박 조장이 아니었으면 자신이 해외로 나갈 기회는 없었다.

제주도에 갈 수 있게 해준 사람이 바로 박 조장이었기 때문에 상수의 입장에서는 가장 고마운 존재였다.

"하하하, 나는 자네의 실력이 좋다는 소리를 듣고 기회를 주었을 뿐이고, 그 기회를 잡은 사람은 자네이니 그렇게 고마워하지 않아도 되네."

박 조장은 상수가 진심으로 고마워하자 기분이 좋았다.

자신의 말대로 기회를 주었을 뿐이지만, 실제로 그런 기회를 얻지 못한 이도 많았다.

그리고 그런 기회를 주어도 고마움을 모르는 인간들이 많은데 오늘은 상수가 진심으로 고마움을 표현하니 아주 잘했다는 생각이 들어 기분이 좋아졌다.

"저에게 그런 기회를 주셨기에 가능한 일이었습니다. 그래서 고마운 거지요. 나중에 기회가 되면 지성이와 함께 식사를 대접하고 싶습니다."

"식사라면 언제든지 환영하네."

박 조장도 상수의 말에 호쾌하게 대답해 주었다.

무슨 뇌물을 주겠다는 것이 아니기에 바로 수락한 것이다.

상수는 박 조장에게 해외에 나가서 주의해야 하는 일과 여러 가지의 이야기를 들었다.

주로 하는 일이 연구원들을 경호하는 일이라고 하는데 가끔은 연구원을 습격하는 무리가 있어 실력 있는 사람을 선택한다고 말했다.

"그러면 습격하는 이들이 그냥 맨손으로 오지는 않을 것 같은데 우리의 대비는 어떻습니까?"

"나가면 총기를 휴대하게 될 것이네. 한국은 곤란하지만 외국에서는 총기 휴대가 가능한 곳으로 파견되지 싶네. 우리 회사의 경호원들에게는 따로 총기를 휴대할 수 있게 해주니 그 점에 대해서는 걱정하지 않아도 되네. 그리고 나가면 근무 시 방탄복을 지급하니 항상 입고 다니도록 하게. 돈을 벌기 위해 나가서 부상을 입고 오면 곤란하잖나."

박 조장은 가끔은 부상을 입고 오는 사람도 있다고 하며 거듭 조심하라고 말했다.

상수는 박 조장에게 아주 자세하게 이야기를 들으며 그렇게 위험하니 회사에서 고액의 월급을 주는 것이라고 생각하였다.

'하기는 천만 원이라는 돈을 주는데 평범한 일은 아니겠

지. 나도 나가면 더욱 수련에 신경 써야겠다.'

상수는 그렇게 생각하였다.

실력이 없으면 결국 죽을 수도 있다는 생각이 들어서였다.

박 조장이 죽은 사람에 대해서는 이야기하지 않지만 아마도 죽은 사람도 있을 것이라는 생각이 들었다.

미리부터 겁을 주면 누가 나가려고 하겠는가.

그러니 그런 부분에 대해서는 말을 하지 않는 것이다.

내심 누리가 해외로 나가서 어떤 일을 하는지 궁금했지만 상수는 궁금증은 나가서 풀기로 하고 더 이상은 질문하지 않았다.

"그러면 해외는 언제 나가는 것인가요?"

"자네는 오늘부터 삼 일간 휴가네. 삼 일 뒤 나가기 때문에 회사에서 특별히 주는 휴가이니 국내의 일을 보고 삼 일 뒤 공항으로 오게. 자세한 내용은 내가 문자로 통보해 주겠네. 그러면 휴가 잘 보내도록 하게."

박 조장은 휴가 재미있게 보내라며 웃어주었다.

회사는 해외에 나가 일 년 동안 있어야 하니 삼 일간의 휴가를 주는 것 같았다.

"알겠습니다. 그러면 문자 받고 움직이면 되겠네요."

"그렇게 하게. 변동 사항이 있으면 연락해 주겠네."

"감사합니다, 조장님."

상수는 그렇게 인사를 하고 나왔다.

이제부터는 자유 시간이니 어떻게 보낼까 고민하는 상수였다.

우선은 친구들을 만나야겠다는 생각이 들었다.

그리고 남은 시간은 미영과 보내고 싶었다.

상수는 그렇게 생각하니 기분이 좋아 절로 미소가 그려졌다.

상수의 친구 최성원은 지금 새롭게 인연이 된 혜영의 전화를 받고 있었다.

"오빠, 오늘 바쁘지 않으면 시간 좀 내주세요."

전에 나이트에서 만나게 되어 가끔 만나는 혜영이다.

그런데 목소리가 조금 이상하다는 느낌을 받은 성원이다.

"혜영아, 너 목소리가 왜 그러니? 무슨 일 있는 거야?"

성원의 말에 혜영의 목소리가 아닌 남자의 목소리가 들렸다.

"어이, 여기 아가씨가 잡혀 있으니 그냥 이리로 오지."

"누구냐? 누군데 혜영이를 납치한 거지?"

"얼굴 보면 알게 될 테니까 이리로 와. 여자가 다치는 것 보고 싶지 않으면 말이다."

남자의 말에 성원은 머리를 맹렬히 회전시켰다.

자신과 원한 관계가 있는 사람이 있는지 생각해 봤지만 그런 사람은 없었다.

그렇다면 원한이 아니라 무언가 바라고 납치했다는 것이다.

"나를 만나고 싶으면 여자를 납치하는 행동은 하지 않아야지 않겠나. 우선 여자를 놓아주고 이야기하자."

"하하하, 내가 하는 이야기가 장난으로 들리나 본데, 야, 그년 한 대 쳐라!"

"아악! 때리지 마세요. 흑흑!"

핸드폰에서 혜영이 맞았는지 비명이 들렸다.

성원은 혜영이 왜 저런 짓을 당하고 있는지 이해가 가지 않았다.

그리고 자신을 오라고 하는 이유에 대해서도 이해가 가지 않았지만 혜영을 저대로 둘 수는 없었다.

"알았다. 내가 갈 테니 여자에게 손대지 마. 어디로 가면 되나?"

성원이 간다고 하자 남자는 바로 대답해 주었다.

"위치는 문자로 보내주겠다. 문자를 받고 한 시간 안에 도착하지 않으면 아마도 평생 여자에게 저주를 받을 거야."

남자의 말에 성원은 입술을 깨물었다.

'개새끼들, 두고 보자.'

그러면서 한편으로는 자신이 지금 만나고 있는 애인이 있음에도 불구하고 다른 여자를 만난 벌을 받고 있다는 생각이 들었다.

성원은 문자를 기다리는 동안 혜영이 납치당한 이유와 저들이 자신을 찾는 이유에 대해 생각해 보았다.

한참을 그렇게 고민하다가 문득 혜영과 만나게 되었던 나이트를 떠올리게 되었다.

혜영이를 납치하여 자신을 찾을 일은 나이트의 사건뿐이라는 생각이 들었다.

"분명해, 그때 그 조폭 새끼들……. 이거 혼자 가면 독박 쓰게 생겼네. 애들에게 연락하는 것이 좋겠어."

성원은 그렇게 판단하고 바로 친구들에게 연락하였다.

아침부터 이상한 전화를 받고 나니 정신이 번쩍 들었는지 성원의 눈빛이 상당히 날카롭게 변해 있었다.

제12장 조폭이 별거야?

UNION BANK

상수와 친구들은 지금 성원이 가기로 한 장소로 이동하고 있는 중이다.

성원의 연락을 받은 지성이 상수에게 연락하였는데 마침 상수가 서울에 있었기에 바로 올 수 있었다.

친구들은 상수가 온다는 말에 용기와 힘이 생겼다.

그만큼 상수의 실력은 이들에게 대단하고 든든하게 해주었다.

"도대체 그때 그 조직원들이 우리를 찾는 이유가 무엇일까?"

"아마도 그때 손님들을 인질로 협박하려고 했는데 상수가 놈들을 때려눕힌 것에 대한 보복이겠지. 그거 아니면 우리를 찾을 이유가 없잖아? 그거 말고 지금 납치 당할 뭐가 없잖아."

지성의 말에 상수와 친구들은 고개를 끄덕였다.

그런 이유가 아니면 자신들을 찾을 이유가 없기 때문이다.

그런데 어떻게 혜영을 찾았는지 상수는 이해가 가지 않았다.

"혜영이는 어떻게 놈들에게 잡혀 있는 거야?"

"나도 자세한 사정은 몰라. 하지만 두들겨 맞고 있는 소리를 듣고 가지 않을 수는 없잖아."

"여자가 맞고 있다는데 사나이 자존심이 있지 어떻게 가지 않을 수 있겠냐. 아주 잘했다."

"가서 놈들에게 제대로 주먹에 대해 알려주도록 하자."

"나는 찬성이다."

"나도 찬성이다."

네 명의 친구는 상수가 합류하자 없던 용기도 생겼는지 입가에 미소를 지을 정도로 힘이 났다.

그만큼 친구들에게 상수는 엄청난 실력을 가진 존재로 인식되어 있었다.

만약에 상수가 없었다면 지성이 친구들만 가는 것을 허락하지 않았을지도 몰랐다.

자신들만으로는 놈들을 상대할 수 없다고 판단했기 때문
이다.

이들의 생각으로 상수는 일당백이라는 말이 딱 어울리는
남자였다.

상수는 친구들과 놈들이 기다리고 있다는 장소에 도착하
였다.

지성은 놈들과 싸우기 위해 적당한 무기가 필요하다고 생
각하고는 삼단봉을 준비하여 모두에게 지급한 상태였다.

"여기라고 하지 않았어?"

"문자로 보낸 장소는 여기야."

상수는 건물을 짓고 있는 장소였기에 놈들이 안에서 기다
리고 있을 거라고 판단했다.

"그러면 놈들은 저 안에서 우리를 기다리고 있겠네. 우선
전화 한번 해봐."

"그렇게 하자."

상원은 상수의 말에 의해 바로 핸드폰으로 전화를 했다.

드드드드.

"전화하지 말고 안으로 들어와라. 기다리고 있으니 말이
다."

“여자는 무사한가?”

“들어오면 확인시켜 주마.”

성원은 혜영이 걱정이 되었는데 안에 있다고 하니 조금은 안심이 되었다.

상수와 친구들도 통화 내용을 들었기에 성원의 어깨를 도닥여 주었다.

“들어가자. 혜영이도 안에 있다고 하니 구해야지.”

상수는 오늘은 내기를 사용해야겠다고 마음먹었다.

여자를 납치하는 놈들은 인간이 아니라는 생각이 들었고, 강하게 하지 않으면 나중에 문제가 생길 수가 있다는 생각에 이참에 확실하게 놈들을 병신으로 만들 생각이다.

상수 일행은 당당하게 건물 안으로 걸어갔다.

안에는 이미 준비를 하였는지 대략 이십여 명이 손에 각기 다른 무기를 들고 상수와 친구들을 기다리고 있었다.

그리고 가장 중요한 혜영은 몸이 묶인 채로 구석에 있었다.

제법 두들겨 맞았는지 몰골이 말이 아니기도 했다.

성원은 혜영의 그런 모습을 보고는 자신도 모르게 몸을 부르르 떨었다.

“이런 개자식들! 여자를 저렇게 다루다니 모두 죽여 버리겠다!”

성원은 자신 때문에 혜영이 당했다는 생각에 엄청난 분노를 느꼈다.

상수가 성원의 손을 잡아주지 않았으면 아마도 먼저 놈들을 공격하였을지도 모르는 상황이다.

성원은 상수가 손을 잡아주어 잠시나마 마음을 가다듬을 수가 있었지만, 그래도 분노가 완전히 식지는 않았는지 얼굴을 씰룩거리고 있다.

"오, 그날 있던 용사들이 모두 온 것을 보니 나라고 생각했나 봐?"

상수와 친구들을 기다리고 있는 놈은 역시 그날 본 갈치라는 놈이었다.

아마도 손님들을 인질로 잡으려고 하다가 상수의 방해로 실패한 화를 풀기 위해 혜영을 납치한 것으로 보였다.

"우리와 무슨 원한이 있는가? 여자를 납치하고 우리를 부른 이유가 무엇이지?"

상수는 차가운 목소리로 갈치를 보며 물었다.

그 차가운 목소리에 갈치는 왠지 마음이 불안해지는 듯한 느낌이 들었다.

"저런 개새끼들이! 너희 때문에 그날 우리 조직이 얼마나 많은 피해를 입었는지 아냐? 오늘 그날 입은 피해를 너희에게 받아내야겠다!"

갈치의 말에 상수는 이곳에 오게 전 지성에게 한 이야기를 실천하라는 눈짓을 보냈다.

　가장 중요한 것이 여자였고, 상수가 먼저 공격하면 지성과 지만이는 혜영을 구할 생각이었다.

　성원이는 아마도 화를 참지 못해 작전에 도움이 되지 않을 것이라 판단하여 그냥 놈들을 공격하는 것으로 이야기해 둔 바 있었다.

　상수는 오늘은 어차피 일전을 피할 방법이 없다고 보고 놈들이 준비가 되지 않았을 때 먼저 선수 치기로 했다.

　"시작해."

　상수는 그렇게 말하고는 품에서 삼단봉을 꺼내 바로 공격해 들어갔다.

　파파팍!

　"으윽!"

　"카학!"

　"크윽!"

　상수의 공격은 놈들이 생각하기에도 엄청나게 빨랐고, 순식간에 선두에 있던 세 명의 조직원이 쓰러지고 말았다.

　상수는 선두에 있는 놈들이 쓰러지는 것에는 신경도 쓰지 않고 남아 있는 놈들을 향해 공격을 계속하였다.

　상수의 공격으로 순식간에 동생들이 당하자 갈치는 빠르게 명령을 내렸다.

“저 새끼 조져!! 연장들 꺼내!!”

갈치의 지시로 놈들은 품에서 칼을 꺼내 상수를 공격하였다.

상수가 들고 있는 삼단봉은 텅스텐으로 만들어 부러질 일이 없었기에 안심하고 놈들을 공격할 수가 있었다.

그리고 가장 중요한 것은 삼단봉에 내기를 담기 시작하자 공격이 처음과는 다르게 엄청난 효과를 보기 시작했다는 것이다.

챙챙챙! 팅팅!

삼단봉과 칼이 부딪치는 순간 강한 힘에 의해 날려가 버렸고, 바로 상수의 연타 공격이 이어졌다.

파파파팍!

빠각!

우드득!

퍼걱!

“크아악!”

“아아악!”

놈들은 내기가 담긴 강한 힘에 의해 뼈가 부러지는 것이 아닌 으스러지는 부상을 입었고 그에 비명을 질러댔다.

내기를 이용하여 삼단봉을 이용하니 팔다리가 잘리지는 않았지만 그에 반대로 부러지는 것과는 달리 으스러지는 결과가 나타나고 있었다.

저런 부상을 입었으니 놈들은 두 번 다시는 이런 조직 생활을 할 수가 없을 것이고, 잘해야 장애자로 남은 생을 살게 될 것이다.

한편, 상수의 무지막지한 공격에 갈치는 기겁하고 말았다.

전에 나이트에서 두 명을 주먹으로 처리하는 것을 보곤 어느 정도 실력이 있는 놈들이라고 생각은 하였지만 이 정도로 막강한 실력을 가지고 있는 놈인 줄은 몰랐다.

20여 명의 부하라면 놈들을 충분히 처리하고 남을 것이라고 생각했는데, 자신의 정예인 조직원도 놈의 공격에 속수무책으로 당하는 것을 보자 갈치는 머리를 계속해서 굴렸다.

바로 여자 때문에 놈들이 왔으니 여자를 이용하는 것이다.

하지만 생각이 거기에 이르렀을 땐 이미 혜영이 그들의 수중에 없었다.

뒤늦은 자신의 판단에 갈치는 마냥 이를 갈 수밖에 없었다.

그런 갈치를 보며 지성은 비웃으며 가운데 손가락을 세워 주었다.

"저… 개새끼들이 감히 나를 비웃어?"

갈치는 지성의 비웃음에 순간 이성을 잃고 눈동자가 달라졌다.

갈치는 지성이 있는 곳으로 가려고 하였지만 그런 갈치를 상수가 막아섰다.

"어디를 가려고?"

상수는 성원이 남아 있는 놈들을 공격하는 것을 보고는 갈치를 상대하기 위해 움직였다.

20여 명의 놈은 다섯 명만 남기고 상수에게 모두 당했다.

놈들은 상수가 공격하는 것에 신경 쓰느라 성원의 공격에 제대로 대응하지 못해 더욱 빠르게 무너지고 있었다.

동료들이 당하는 것을 보고 이들은 거의 패닉상태였기 때문이다.

조폭인 그들이 이렇게까지 일방적으로 당할 줄은 그들조차 예상치 못했다.

상대는 고작 넷인데, 하나하나가 너끈히 자신들을 상대한다는 사실에 허탈한 조폭들이다.

게다가 그들을 쓰러뜨리는 실력을 보니 허탈함이 밀려드는 갈치였다.

"네… 놈은 도대체 누구냐?"

갈치는 상수가 다가오자 기겁하며 억지로 입을 열었다.

저런 실력을 가진 사람이 있다는 소리를 들은 기억이 없다.

"내가 누구인지 알아서 뭐하게? 우리를 부른 것은 너 아니었어?"

갈치는 그냥 주먹 좀 쓰는 놈들이라고 막연히 생각하고 준비했는데 이건 완전히 괴물이라 솔직히 겁이 났다.

동생들이 당하는 것을 그대로 봤던 터라 더더욱 어쩔 줄 몰라 하는 갈치다.

갈치는 다가오는 상수를 향해 두 손을 더으며 분노한 상수를 진정시키려 애를 썼다.

"우, 우리가 몰라서 그런 것이니 그만하고 정리하자. 더, 더 이상 공격하면 조직이 너희를 그냥 두지 않을 것이다."

갈치는 조직을 이용하여 빠져나가려고 하였다.

놈이 아무리 강하다고는 하지만 조직을 상대할 수는 없기 때문이다.

"너희 같은 놈들이 만든 조직이라면 지금이라도 가서 박살 내면 되니 걱정하지 마라."

상수는 그렇게 말하고는 바로 갈치를 공격하였다.

쉬이익!

상수가 삼단봉으로 공격하자 갈치는 순간적으로 들고 있던 칼을 이용하여 방어하였다.

텅!

"크윽!"

삼단봉의 위력이 얼마나 강한지 갈치는 손목이 욱신거렸다.

칼을 놓치면 자신은 더 이상 방어할 것이 없기 때문에 끝까지 놓치지 않으려고 버티니 손목에 무리가 간 것이다.

상수는 그런 갈치를 보며 멍청하다고 생각하였고, 시간을 두지 않고 바로 공격하였다.

파파파팍!

"크아아악!"

갈치는 다른 놈들과는 다르게 사지를 모조리 박살 내고 있는 상수였다.

이런 놈은 어지간히 손을 봐서는 절대로 안 된다는 생각이 들어서였다.

상수가 갈치를 박살 내는 순간 성원도 남아 있는 놈들을 정리하고 있었다.

혜영은 자신을 구해준 지성과 지만에게 고마운 눈빛을 보냈다.

지성은 그런 혜영을 향해 웃어주었다.

"걱정하지 마라. 이제 금방 정리될 거다."

상수의 놀라운 무력을 보았기에 혜영도 걱정이 되지는 않는지 안색이 조금씩 좋아지고 있었다.

놈들에 대한 정리가 끝나자 상수는 쓰러져 있는 갈치와 다른 놈들을 보고 말했다.

"너희는 어느 조직 놈들이냐?"

"으으으… 네놈들은… 누구… 냐? 크윽!"

갈치는 상수와 친구들이 누군가의 사주를 받아 자신을 공격한 것으로 착각에 빠져들고 있었다.

자신들이 상수와 친구들을 불렀다는 사실을 잊고 말이다.

상수는 그런 갈치의 눈빛을 보자 정말 어이가 없었다.

갈치의 눈빛이 자신들을 의심하고 있었기 때문이다.

"나 참, 지금 우리를 의심하는 모양이네? 너희가 우리를 부른 거야. 알고 의심하는 거야?"

상수의 말에 갈치는 조금 정신이 드는지 의심이 아닌 고통의 눈빛으로 변해 있었다.

상수는 이런 웃기지도 않은 놈들 때문에 혜영이 납치당했다는 현실이 마음에 안 들었다.

"다시 묻겠다. 너희가 속해 있는 조직이 어디지?"

상수의 목소리가 차가워지자 갈치는 이제야 상황이 확실하게 파악되었는지 눈빛에 공포가 담기기 시작했다.

"으으… 내가… 만든 조직이다."

갈치는 무언가 두려움에 조직을 말할 수는 없는지 긴장한 눈빛으로 자신의 조직이라고 얼버무렸다.

갈치가 만든 조직이라는 소리에 상수의 입가에 아주 차가운 미소가 걸렸다.

이런 놈들을 상대하는 방법은 상수가 아주 잘 알고 있었다.

상수는 부상을 입었지만 아직 정신이 남아 있는 놈들 중에 하나가 있는 곳으로 걸어가면서 지성에게 말했다.

"혜영이는 잠시 나가 있게 해. 봐서 좋은 것이 없으니 말이야."

"그래, 알았다."

성원이는 상수가 하는 소리를 알아들었는지 바로 대답하고는 혜영을 부축하여 나갔다.

성원이는 놈들이 쓰러지자 바로 혜영이 있는 곳으로 달려갔기에 지금 혜영은 성원의 품에 안겨 있었다.

상수는 혜영이 나가는 것을 확인하고는 놈에게 물었다.

"너희가 속해 있는 조직의 이름은?"

상수의 말에 놈은 무언가 두려움에 갈등하는 눈빛이었지만 역시 바로 대답하지는 않았다

상수는 차가운 미소를 지으며 그런 놈의 다리를 잡고는 내기를 이용하여 비틀었다.

빠드드득! 뽀드득!

"크아아악!"

뼈가 부러지는 것이 아니라 뒤틀리는 것이라 아마도 두 번 다시는 정상인이 되지 못하게 되겠지만 죽지는 않을 것이다.

상수가 아주 냉정하고 잔혹하게 놈에게 응징하자 아직 정신이 남아 있는 놈들의 눈빛이 공포에 젖어들고 말았다.

"말하지 않아도 돼. 아직 남아 있는 놈들은 많으니 말이다.

하지만 두 번 다시는 정상인으로 살아가기 힘들 거야."

상수의 말에 조직원들의 눈빛이 달라졌다.

자신들이 비록 조직원이 되기는 했지만 병신이 되고 싶지는 않았기 때문이다.

상수는 다음 놈을 물색하였고, 바로 걸어가기 시작했다.

뚜벅뚜벅.

상수의 발걸음은 놈들에게는 지옥행 티켓으로 여겨졌는지 잔뜩 긴장한 눈빛을 하며 자신이 있는 곳으로 오지 않기를 마음속으로 빌었다.

상수는 가장 눈빛이 흔들리고 있는 놈의 앞으로 걸어갔다.

놈은 상수가 자신이 있는 곳으로 오자 눈빛이 사정없이 흔들렸고, 상수가 도착하자 두려움에 비명을 질러댔다.

"으아아악! 나한테 오지 마! 제, 제발 살려주세요."

"너희가 속해 있는 조직 이름을 말해봐."

"세븐파예요. 제발… 살려주세요."

놈은 극도로 긴장과 공포를 느끼고 있는지 눈빛이 돌아가 있었다.

"세븐파라……. 너희, 세븐파라고 들은 기억 있냐?"

상수는 남아 있는 친구들을 보며 물었다.

자신의 앞에 있는 놈은 놈에게는 더 이상 정상적인 질문을 할 수가 없을 것 같아서였다.

지성은 세븐파라는 소리를 듣자 바로 대답했다.

"어? 나 아는 형님 통해서 왠지 들어본 거 같아. 내가 발이 좀 넓잖냐. 내가 들었던 걸론 세븐파는 강서의 조직이야. 제법 강한 조직이라고 들었는데 놈들이 여기도 노리고 있는 모양이네?"

지성은 세븐파에 대해 알고 있는지 바로 말해주었다.

갈치는 자신의 조직명을 말하자 바로 그에 대해 파악하고 있는 지성을 보며 놀랐다.

그리고 이들이 다른 사람에게 청부를 받은 것은 아니라는 것을 확신하게 되었다.

만약에 청부를 받은 것이라면 자신과 수하들은 정말 다시는 얼굴을 들고 다닐 수가 없기 때문이다.

'휴우, 다행이다. 오늘 일은 조용히 묻고 가야겠다.'

갈치는 그렇게 생각하고 있지만 상수는 입장이 달랐다.

자신을 건드렸기 때문에 절대로 이대로 놈들을 두고 볼 생각이 없었다.

자신이 해외로 나가고 나서 놈들의 기습을 받으면 친구들이 크게 다칠 수도 있다는 생각에서였다.

상수는 자신의 소중한 사람이 당하는 것에 대해 극도의 거부감이 있었다.

"지성아, 놈들 옮길 차량 좀 수배해 줘. 이 새끼들 내가 치고 말 거야."

지성이는 상수가 저런 생각을 하는 이유를 알기에 더 이상 다른 말은 하지 않았다.

"…알았다. 정의의 사도 정상수 또 나왔구나. 에휴……. 그렇게 할게."

지성이도 세븐파에 많은 조직원이 있다는 사실을 알지만 놈들은 절대 상수를 이기지 못할 것이다.

어린 시절, 상수에겐 비슷한 일이 있었다.

상수가 대학에 가지 못하고 고등학교를 졸업한 뒤 생활 전선에 뛰어들게 된 이유가 사실 한 가지 더 있었다.

큰 조직은 아니지만, 어느 한 조폭과 다툼을 벌였던 것, 그리고 그 다툼 끝에 상수가 그들을 제거하는 데 성공했던 것.

이 이야기를 알고 있는 사람은 많지 않지만, 이 자리에 있는 친구들은 과거 보여준 상수의 진면목을 떠올렸다.

그리고 이제 보니 아주 괴물이 되어 있었다.

'상수 녀석이 완전 괴물이 됐어. 하지만… 진짜 괜찮을까?

한편, 갈치는 상수가 조직으로 간다고 하자 얼굴이 창백해지고 말았다.

황당한 결정에 비웃음이 나기도 했지만, 같이 있는 녀석들의 표정을 보니 상수란 녀석은 결코 만만한 존재가 아닐 거란

불길한 예감이 머리를 스쳤다.

상수라 불린 저놈은… 두목도 제지하지 못할 놈이 분명했다.

"우리… 이제 그만 타협하자. 우리가 먼저 건드린 것은 사과하겠다. 그러니 여기서 정리를 하였으면 한다."

갈치는 자신의 선에서 모든 게 정리되는 걸로 끝냈으면 하고 바랐다.

그러는 편이 자신의 조직 생활을 위해서도 바라는 방향이었다.

그러나 자신을 바라보는 상수의 몸에서 올라오는 알 수 없는 기운에 갈치는 그저 마른침을 삼킬 뿐이었다.

잠들어 있던 광포한 짐승을 깨운 것만 같은 불안감에 잠식되는 갈치에게 상수가 말했다.

"내 친구와 내 주변 사람을 건드린 사람을 누가 덤빈다 해도 가만둘 생각이 없다. 그러게 덤비지 말았어야지."

그렇게 말하는 상수의 눈동자에 붉은 염기가 감돌았다.

제13장 강서의 조직 세븐파

UNION BANK

상수는 지성이 준비한 차량에 놈들을 모조리 태워 세븐파
가 있는 곳으로 이동하였다.

오늘 놈들과의 악연을 확실하게 정리하려고 마음먹었다.

강서의 세븐파는 솔직히 상수와 아무런 사이도 아니지만
갈치가 속해 있는 조직이 세븐파였다.

다른 놈들이 갈치를 보면 상수와 친구들을 그냥 두지 않을
것이라 판단되어서이다.

조직이나 폭력에는 법칙이 있다.

남에게 약하게 보이게 되면 그 조직이나 세력은 내리누르

던 조직들이 기어올라 잡아먹으려 하는 성향이 있다.

조금이라도 약한 모습을 보이면 안 되는 것, 그것이 폭력에 있어 지켜져야 하는 법칙 중 하나였다.

상수는 이미 이를 잘 알고 있었다.

그래서 상수는 해외로 나가기 전에 놈들을 아주 정리할 생각이었다.

"상수야, 요즘은 조직 놈들도 총기를 사용하는 곳이 있다고 하던데 조심해라. 요새 떼놈들이나 일본 놈들이 몰래몰래 끌고 들어오는 경우가 있다더라."

"총기를 사용한다고? 이제 한국도 총기에서 안전한 나라가 아니라고? 아무리 그래도 설마……."

"야, 모르는 거다, 그건. 놈들에게 총기가 있는지는 모르지만 구하려면 얼마든지 구하려 하면 구한다더라. 요즘은 일반인도 구할 수가 있다고들 하잖아."

지성은 상수가 다치지 않게 하기 위해 미리 말해주었다.

상수는 지성의 말을 듣고는 잠시 고민하게 되었다.

내기를 사용하기는 하지만 그렇다고 총기를 사용하는 놈들과 상대해서 이긴다는 보장이 없기 때문이다.

'놈들이 진짜로 총기를 사용하면 어떻게 상대하는 것이 좋을까? 그리고 친구들은 어떻게 보호해야 하나?'

상수는 자신은 총기를 사용한다고 해도 다치지 않을 자신이 있지만 친구들은 그렇지가 않기 때문에 많은 생각이 교차했다.

그러다가 문득 지하철에서 사용했던 수법을 떠올렸다.

암기술.

그거라면 어느 정도 대응할 수 있지 않을까 싶은 것이다.

내기를 사용하지 못할 때는 모르겠지만 지금이라면 충분한 대응법이 되지 않을까 싶은 상수였고, 상수는 이를 시험해 보고 싶었다.

아직은 많은 내기를 사용하지는 못하지만 총기를 들고 있는 놈들 정도는 사격을 시작하기 전이라면 충분히 대응할 수 있으리라 여긴 것이다.

"상대할 방법이 있어. 너무 걱정 마."

상수는 그렇게 생각하면서 암기로 사용할 것들을 생각했다.

동전도 있지만 아직 동전으로는 놈들에게 크게 부상을 입히지 못하기 때문에 못을 사용할 생각이다.

주변에서 아주 흔하게 구할 수 있기도 하고 말이다.

어쨌거나 상수는 차를 타고 가다가 철물점이 보이자 잠시 차를 멈추게 하였다.

"잠시 차 좀 세워. 저기 좀 갔다 올게."

"어, 그래."

지성이가 차를 세우자 상수는 빠르게 원하는 물건을 구입하고는 다시 차를 탔다.

차량은 갈치가 일러준 대로 세븐파가 있는 본거지로 달려갔고, 차 안에 타고 가는 갈치와 조직원들은 지금 죽을 맛이었다.

상부에 보고조차 하지 않고 아이들을 끌어들였다가 처참하게 당한 자신의 모습을 알게 된다면 갈치의 신상은 결코 이롭지 않을 게 뻔했다.

'크윽, 조직으로 가면 나는 다시는 살아남기 힘들 텐데 어떻게 하지?

갈치는 지금 자신이 살기 위해 어떻게 해야 할지 고민을 반복하고 있었다.

나름 갈치도 잔머리를 상당히 굴리는 인물이었기에 지금 그는 머리에 쥐나도록 굴리고 있는 중이다.

조직에서 심하게는 버림받을 수 있다는 데까지 생각이 미친 갈치는 자신이 살기 위한 방법을 모색하느라 바쁠 수밖에 없었다.

"저기 사거리만 지나면 놈들이 이야기한 건물이 나온다."

"그래? 우선 놈들이 있는 주변을 한번 돌자. 어쩌고 있는지 확인하고 가야지."

"그래, 알았다."

지성은 상수의 말대로 놈들이 이야기한 건물 주변을 돌았
다.

상수는 지성에게 천천히 돌라고 하면서 민감해진 감을 이
용하여 놈들이 있는 곳을 확인하기 시작했다.

내기를 가지고 있다는 사실은 친구에게도 말하지 않을 생
각이다.

비밀은 많은 이가 알면 비밀이 아니다.

그리고 자신의 내력에 대하여 많은 이들이 안다면 잘못해
서 주변 사람들이 다칠 수도 있단 생각이 들었다.

그럴 거라면 애초에 친구들을 더 이상 끌어들이면 안 된다.

그렇게 이동하기를 이십여 분가량.

상수는 세븐파의 본거지에 다다를 수 있었다.

세븐파의 건물은 제법 규모를 갖춘 한 채의 빌딩이었다.

이를 올려보며 상수는 한동안 말을 하지 않았다.

'요즘 조폭들은 돈도 많네. 이런 빌딩이 본거지라니…….
나라면 건물 임대료로 먹고살 생각하며 주먹에서 손 떼겠다.
쩝.'

상수는 저렇게 돈을 가지고 있으면서 조폭이나 하고 있다
는 것이 이해가 가지 않았다.

자신 같으면 건물 임대료만 받아서 살아도 될 것 같았기 때

문이다.

하기는 조폭이 아닌 사람이 조폭을 이해하기에는 힘들 것이다.

오 층 건물의 주변을 모두 살핀 상수는 놈들의 본거지에서 어느 정도 떨어진 위치에 차를 주차하고 대기하도록 지시를 내렸다.

"지성아, 저기는 혼자 갔다 올게. 여기서 기다리고 있어."

"아니, 혼자 상대한다고? 너 그러다 죽어."

"괜찮아, 다를 거 없어. 게다가 이번 일은 순수하게 나 혼자가야 돼. 너희까지 끌어들이긴 싫다."

"야!"

"나 아직 안 죽었다. 나 혼자여야 더 날뛸 수 있는 거 알잖아."

"……."

상수의 말에 지성은 더 이상 할 말이 없었다.

사실 자신들이 상수에게 무예를 배우고 싸움을 배웠다고는 하지만, 상수와의 실력차이는 현격했다.

앞서 갈치네를 쓰러뜨릴 수 있었던 이유도 사실 따지고 보면 전적으로 상수 한 사람의 역할이 컸다.

그저 혼자 보낸다는 것에 따른 미안함과 도움이 크지 못하다는 사실에 대한 아쉬움이, 그리고 어느샌가 정의보단 자신의 안위를 걱정하게 된 자신들이 미안할 뿐.

"상수야, 무슨 말인지는 알겠어⋯⋯. 하지만 저런 곳에 혼자 보내고 싶지는 않다."

상수는 지성의 말에 빙그레 미소를 지으며 대답했다.

"하하하, 너희 마음 다 알고 있으니 걱정하지 마라. 모든 걸 정리하고 나면 연락할게. 그때나 좀 도와줘."

상수는 철물점에서 사온 못을 만지며 자신감을 보였다.

지성은 마음에 들지는 않지만 친구인 상수가 저렇게 말하는 것을 보니 충분한 준비나 생각이 있으리라 여겼다.

그리고 자신들이 상수에게 도움을 주지 못한다는 사실도 인정할 수밖에 없었다.

"알았다. 그런데 마치면 반드시 연락해야 하는 것 잊지 마라."

"그래, 그렇게 할게."

상수는 그리 말하고는 천천히 놈들의 본거지로 이동하였다.

상수는 놈들에게 확실하게 두려움과 공포를 안겨줄 생각이다.

물론 조직의 와해와 부수입은 덤이고 말이다.

갈치에게 듣기로 조직원이 모두 70여 명이라 들었다.

상수 자신에게 당한 20여 명을 빼면 남아 있는 인원이 50여 명이 된다는 소리.

하지만 밤 시간은 조직원들이 수금이나 생활을 위해 자리를 비우는 인원이 존재해서 약 20명 정도만이 남아 있을 거라는 게 갈치의 설명이었다.

물론 조직의 행동대장이나 간부처럼 실력있는 이들이 그 20명에 속하리란 정보도 함께였다.

그럼에도 상수는 자신감이 있었다.

상수가 정문으로 들어가기 위해 움직이니 갑자기 건물 안에서 두 명의 남자가 급하게 나왔다.

아무래도 설치되어 있는 CCTV를 통해 상수의 접근을 본 듯했다.

"어디서 오신 식구요?"

상수를 보고는 이들은 다른 조직에서 온 사람으로 오해하고 있었다.

상수는 그런 놈들을 보니 피식 웃음이 나왔다.

보는 눈도 지독하게 없다고 생각되었다.

"우리 집 식구다. 안에 사장님 계시냐?"

상수의 대답에 남자들은 잠시 멍한 얼굴로 상수를 보았다.

상수는 그때 빠르게 놈들을 공격하였다.

휘이익!

퍼퍽!

광대뼈를 강타하게 되면 거의가 실신하기 때문에 소란스럽지 않게 잠입하기 위해서는 가장 좋은 방법이기에 상수는 빠르게 놈들을 기절시킨 것이다.

털썩!

놈들은 비명도 지르지 못하고 기절하였고, 상수는 한동안 놈들이 일어서지 못할 것으로 생각하였다.

내기를 사용하였으니 아마도 최소한 하루는 잠을 자야 할 것으로 보였다.

"입구에도 저렇게 숨어서 감시하는 놈들을 보니 지저분한 일을 많이 하는 것 같네."

상수는 조직이라고 모두 나쁜 놈들만 있는 것은 아니라고 알고 있지만 이들도 결국은 없는 이들에게 돈을 받아 생활한다고 판단했다.

이참에 확실하게 정리하려고 마음먹은 것이다.

상수가 그렇게 놈들을 정리하기 위해 안으로 진입하였지만 안에서는 아직도 그 사실을 인지하지 못하는 듯했다.

"사장실이 가장 위층이라고 했던가?"

갈치에게 들은 이야기를 생각하며 5층으로 올라가기 위해 엘리베이터를 이용하는 상수였다.

5층에 도착하여 문이 열리자 복도를 지키고 있는 두 명을 볼 수가 있었다.

아마도 사장실을 들어가려면 이들에게 이야기하고 들어가는 모양이었다.

"어디서 오신 분입니까?"

한 남자가 날카로운 눈빛을 하며 상수를 향해 물었다.

입구를 통과했다는 사실에 신분이 확실하다고 생각하고 묻는 것 같았다.

그런데 정문을 통과하면 바로 보고가 들어오는데 오늘은 그런 보고도 없이 올라왔기에 조금은 신경 쓰여 신분을 물었다.

"너희 사장님 만나기 위해 왔으니 안에 보고해라."

상수의 당당한 모습에 남자 둘은 조금은 놀란 얼굴을 하였다.

여기에 와서 이렇게 당당하게 말할 수 있는 이들은 거의가 다 조직에 속해 있는 이들이다.

그것도 사장님을 찾을 정도면 다른 조직의 간부라는 이야기였고, 자신이 알지 못하는 그런 얼굴이기에 놀란 것이다.

하지만 이내 정색하며 다시 물었다.

"사장님을 찾으시기 전에 신분을 먼저 밝혀주십시오."

남자는 상수의 앞으로 걸어와 물었다.

상수는 그런 남자를 보며 참 아깝다는 생각이 들었다.

이렇게 당당하게 행동하는 것을 보니 이런 조직에 있을 놈이 아니라는 생각이 들어서였다.

상수는 남자를 보며 아까운 표정을 지었지만 남자는 그런 상수를 조금 오해하게 되었다.

'내가 모르는 다른 조직의 간부가 온 것인가? 그러면 이거 곤란한데?'

남자가 그런 생각을 하며 고민하고 있을 때 상수는 남자의 턱을 빠르게 가격하였다.

퍽!

"컥!"

"습격이다!"

남아 있는 놈이 상수를 보며 조금 이상하다는 생각을 하고 있었는데 갑자기 공격하는 것을 보고는 빠르게 외쳤다.

상수는 눈앞의 남자가 쓰러지자 빠르게 주머니에 있는 못을 꺼내 남자를 향해 던졌다.

쉬익!

퍽퍽퍽!

"크윽!"

남자는 손과 다리에 못이 박히자 순간적으로 주저앉고 말았다.

그 고통이 장난이 아니었고 다리에 힘이 들어가지 않았다.

허벅지의 근육에 못이 박히자 남자는 제대로 움직이지를 못하게 되었고, 상수는 빠르게 놈에게 다가가 그대로 발로 걸어차 버렸다.

퍽!

"크윽!"

남자는 순식간에 자신이 당했다는 사실이 믿어지지 않는 눈빛으로 기절하고 말았다.

남자가 지키고 있던 문을 보며 상수는 못을 들고 안으로 들어가기 위해 문을 걸어찼다.

쫘앙!

안에서는 이미 습격이라는 소리를 들었기에 손에 각종 무기를 들고 일곱 명의 남자가 한 남자를 호위하며 기다리고 있었다.

"어디서 온 놈이야?"

상수는 세븐파의 보스로 보이는 남자를 보았다.

나이는 이제 사십대 초반으로 보였고, 인상이 날카롭게 생긴 것이 상당히 사나워 보였다.

세븐파의 보스는 강서 구역을 잡고 있는 조직으로 제법 이름이 있는 조직이었다.

아직 대조직은 아니었지만 그런대로 명성도 있고 중간보

다는 큰 조직이었다.

세븐파의 보스는 쌍칼을 잘 사용한다고 하여 별명이 쌍칼이었는데, 그의 손이 쌍칼이 들리면 상대가 없을 정도라는 이야기가 돌 정도의 상당한 실력가였다.

쌍칼은 습격이라는 소리에 빠르게 준비하였지만, 막상 쳐들어온 놈은 한 명이라는 것에 어이가 없다는 표정을 지었다.

"너는 누군데 여기를 쳐들어온 거냐?"

"갈치라는 놈 때문에 말이야. 여기랑 정리할 문제가 좀 있어서 온 거지."

상수는 절대 말을 막하는 사람이 아니었지만 일단 적이라고 인식하게 되면 사람으로 대접을 하지 않았다.

말투가 그 증거라 할 수 있었다.

어쨌거나 쌍칼은 상수의 반말투에 관심을 보이며 수하들에게 손짓했다.

"하하하, 제법 호기로운 놈이네. 애들아, 적당히 손 좀 봐줘라."

쌍칼의 명령에 수하들이 빠르게 대답했다.

"예, 형님."

"야, 번개, 죽이지만 마라. 형님이 대화를 나누고 싶어 하신다."

"예, 형님."

번개라고 하는 남자는 상수와 비슷한 나이로 제법 운동을
하였는지 몸의 균형이 잘 잡혀 있었다.

"어이, 여기를 쳐들어온 것을 보니 실력이 제법 되는 모양
인데, 어디 한번 보자."

번개는 그렇게 말하고는 바로 상수를 향해 걸어왔다.

상수는 번개라는 남자를 보며 운동을 상당히 했다는 것을
알 수가 있었지만 자신의 적수는 아니라고 생각했다.

그렇다고 방심하는 것은 아니었다.

상수는 번개가 다가오자 바로 공격하였다.

쉬이익!

파팍!

'합기도를 했나? 제법 실력은 있지만 아직 부족해.'

상수는 시간을 끌 필요가 없다는 생각이 들었다.

이들과 오랜 시간을 같이 있을 시간도 없지만 이들의 실력
을 확인할 생각도 없는 상수였다.

"이런 실력을 가지고 조폭이나 하고 있으니 한심하네."

상수는 번개를 보며 그리 말하고는 번개처럼 빠른 동작으
로 발로 다리를 때렸다.

빠드득!

"으악!"

상수의 공격에 번개는 다리가 부러지고 말았다.

그만큼 엄청난 파워를 가지고 있기 때문에 일반인의 뼈로
는 버티지 못하고 부러지고 만 것이다.

쌍칼은 번개가 상수의 상대가 되지 못하는 것을 보고는 상
당히 놀랐다.

번개가 비록 간부에 불과하지만 그 실력만큼은 인정받고
있었기 때문이다.

그런 번개를 한 방에 박살 내는 것을 보니 상대가 엄청난
실력을 가지고 있다는 것을 인정하지 않을 수가 없었다.

"호오, 제법인데? 그런데 진짜 무슨 일이야?"

"아까 이야기를 했는데. 갈치 때문이라고."

상수는 쌍칼을 보며 바로 대답해 주었다.

그러지 쌍칼은 옆에 있는 남자를 보았다.

남자는 보스인 쌍칼이 보자 입을 열었다.

"어제 갈치가 조직원들을 데리고 나갔습니다. 아마도 그
일 때문에 그러는 것 같습니다."

남자도 갈치가 조직원을 데리고 갔다는 것만 알지, 그 이상
은 모르고 있는 모양이었다.

하기는 이십여 명의 조직원을 데리고 갔으니 모를 수가 없
는 일이기는 했다.

"갈치가 애들을 데리고 가는 것도 몰랐다는 말이야?"

"그냥 간단하게 손을 봐줄 놈이 있다고만 하였기에 크게

신경 쓰지 않았습니다. 죄송합니다, 형님.”

쌍칼은 상수의 실력을 보고는 상대하기보다는 말로 푸는 것이 좋다고 판단하였다.

저런 실력을 가지고 있는 놈과 적이 되면 조직이 힘들어진다는 사실을 알고 있는 것이다.

쌍칼은 고개를 돌려 상수를 보며 다시 입을 열었다.

“우리는 갈치와의 일에 대해 아는 것이 없지만 나의 부하가 실수했다면 충분히 보상하겠다. 그러니 더 이상 적대적인 관계를 가지지 않았으면 하는데 어떻게 생각하나? 솔직히 자네 같은 실력자랑 싸움질로만 만나는 건 아쉬워서 말이야.”

쌍칼이 먼저 고개를 숙이는 일이었기에 수하들은 모두 놀란 눈으로 보스를 보았다.

하지만 쌍칼은 그런 부하들의 행동에도 상수만 보고 있었다.

상수는 쌍칼이 지금 진심으로 말하고 있다는 것을 느낄 수가 있었다.

그래서 갈치와의 일에 대해서 어느 정도는 말을 해주어야겠다고 생각했다.

사실 놈들을 오늘 정리하려고 하였는데 막상 들어와 보니 여기 있는 이들의 실력도 좋았지만 갈치와 같은 야비한 느낌을 주지 않았기 때문이다.

"휴우, 당신의 부하인 갈치가 내 친구의 여자를 납치하고 우리를 불렀소. 그리고 갈치와 같이 있던 조직원들과 싸움이 붙었고. 나는 당신이 지시한 것으로 알고 직접 오게 된 것이오. 남자라면 정리할 일은 확실하게 정리하는 게 낫다고 보는데. 어쩔 거요?"

쌍칼은 상수가 하는 이야기를 모두 듣고는 갈치가 무슨 짓을 했는지 모두 파악하게 되었다.

그리고 갈치가 데리고 간 조직원이 이십여 명이라고 들었는데 저렇게 말하는 것을 보니 모두 당했다는 것을 알 수 있었다.

자신의 조직원이 비록 적기는 하지만 그래도 나름 정예라고 생각하는 갈치였다.

그런 정예들을 박살 낸 사람과 싸움을 한다면 설사 이긴다고 해도 그 피해가 적지 않으리라 여기는 쌍칼이다.

무엇보다 번개가 한 방에 박살나는 장면을 보았기에 합리적인 계산을 내린 것이다.

굳이 피를 많이 볼 필요는 없다.

"갈치와 우리 애들은 어디에 있나?"

"밖에 친구들이 데리고 있지만 멀쩡하다고는 생각지 마시오. 일부는 아마도 병신이 되어 있을 것이니 말이오."

상수는 있는 그대로 말해주었지만 아직 마음을 푼 것은 아니었다.

쌍칼은 수하들이 병신이 되었다는 말에 솔직히 화가 났지만 그렇다고 상수와 전쟁을 하고 싶지는 않았다.

그리고 상수가 여기에 온 것도 자신들을 상대할 충분한 실력을 있기에 온 것으로 보였다.

단순한 싸움이었다면 일을 계속 벌렸을지도 모르겠지만, 단신으로 여기까지 온 상대에 대한 예의도 아닐 뿐더러, 왠지 모를 예감이 상수를 경계하고 있었다.

쌍칼은 이런 면에서 촉이 좋은 남자였고, 굳이 피를 보지 않아도 될 일까지 피를 보는 남자는 더더욱 아니었다.

"휴우, 우리가 먼저 잘못을 했으니 어쩔 수 없는 일이지. 우리가 어떻게 해주기를 바라는가?"

"앞으로 나의 일행에 대해서는 더 이상 관심 가져주지 않는 것과 그에 대한 피해 보상이오."

간단하지만 명확한 발언이었다.

"아니, 저런 말을 하는데 그냥 둡니까?"

상수와 가장 가까이 있는 남자가 열불이 나는지 화난 음성으로 말했다.

휘이익!

턱!

남자의 말이 끝나는 것과 동시에 상수가 움직였고, 상수의 발이 남자의 목에 올려 있다.

"더 떠들어보도록."

상수는 차가운 음성으로 남자를 보며 말했지만 남자는 그런 상수를 보며 깜짝 놀라고 말았다.

"아니, 어떻게?"

이는 남자만 그런 것이 아니라 쌍칼과 다른 수하들도 모두 마찬가지였다.

움직임을 눈으로 확인하지 못했기에 얼마나 상수가 얼마나 강한지를 보여주는 장면이기 때문이다.

쌍칼은 그런 상수를 보며 자신이 정말 판단을 잘했다는 생각이 절로 들었다.

"알겠네. 두 가지를 모두 들어주지. 우선 우리 식구들을 먼저 보내주게."

쌍칼이 바로 수락하자 상수는 고개를 끄덕였다.

그런데 쌍칼 뒤에 있던 한 남자가 손을 움직이는 것이 상수의 눈에 보였고, 그 손이 바로 안주머니로 향했다.

상수는 이미 남자의 움직임을 모두 파악하고 있었기에 무엇을 꺼내는지를 확인하고 있었다.

남자가 꺼낸 것은 총기였는데 상수는 그런 그에게 바로 못을 던졌다.

피이익!

“아악!”

텅!

남자는 손등에 못이 박히자 들고 있던 총을 떨어뜨렸고, 쌍칼과 수하들을 모두 고개를 돌려 그 모습을 보았다.

못은 손등을 통과하여 남자의 배에 박혀 있었다.

“다음에는 눈알에 박아주지.”

상수의 차가운 눈빛과 말에 남자뿐만 아니라 쌍칼과 수하들도 움찔하고 말았다.

남자는 덜덜 떨리는 손을 다른 손으로 붙잡고 있었다.

아마도 배에 느껴지는 고통보다는 손등에 느껴지는 고통이 더 심한 모양이었다.

총마저도 제압하는 남자.

그 사실이 쌍칼의 등골을 오싹하게 했다. 저 남자는 위험하다는 예감과 함께.

“이야기를 듣도록 하지.”

쌍칼이 말했다.

『덤비지마!』 2권에 계속…

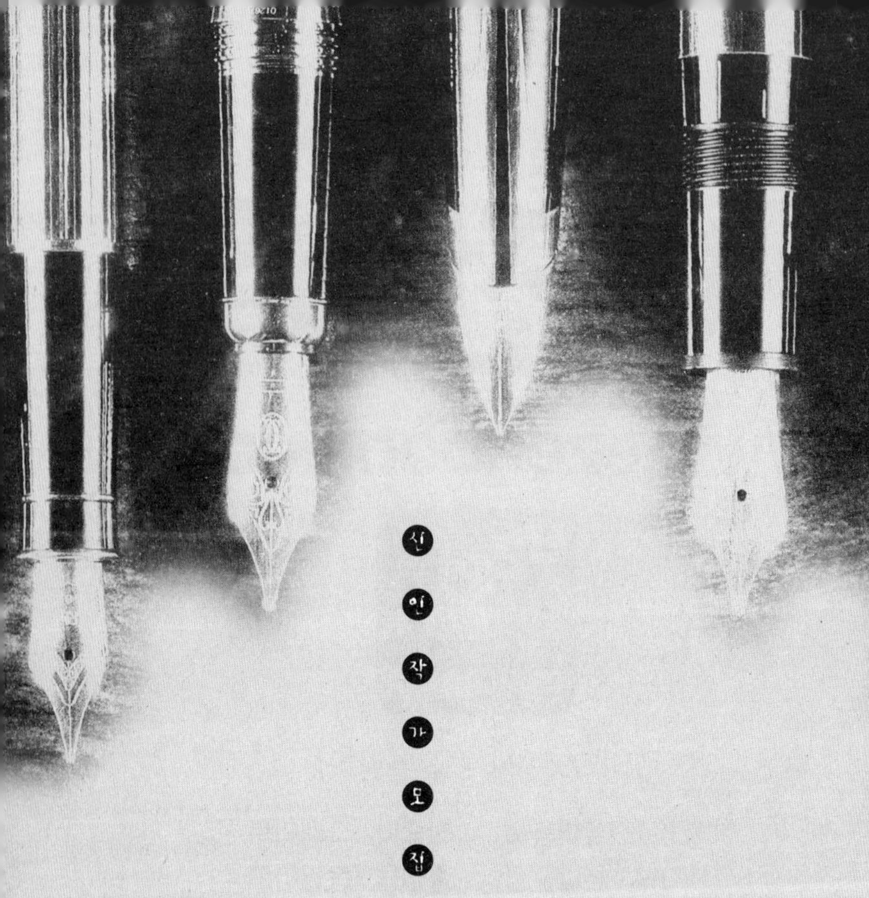

신

인

작

가

모

집

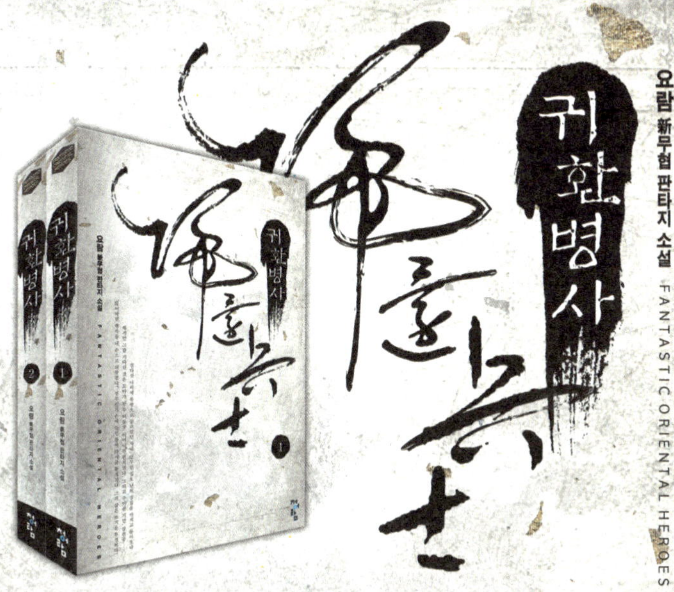

국내 최대 장르문학 사이트를 휩쓴 화제작!
여름의 더위를 깨뜨리며 차가운 북방에서 그가 온다.

『귀환병사』

열다섯 나이에 북방으로 끌려갔던 사내, 진무린
십오 년의 징집을 마치고 돌아오다.

하지만 그를 기다린 것은 고아가 된 두 여동생, 어머니의 편지였다.
그리고 주어진 기연, 삼륜공……

"잃어버린 행복을 내 손으로 되찾겠다!"

**진무린의 손에 들린 창이 다시금 활개친다.
그의 삶은 뜨거운 투쟁이다!**